挂在墙上的弦子

刘庆邦 著

CNS 湖南文艺出版社·长沙

图书在版编目（CIP）数据

挂在墙上的弦子 / 刘庆邦著. -- 长沙：湖南文艺出版社, 2025. 1. -- ISBN 978-7-5726-2065-2

Ⅰ. I247.7

中国国家版本馆CIP数据核字第2024GB5003号

挂在墙上的弦子
GUA ZAI QIANGSHANG DE XIANZI

作　　者　刘庆邦
出 版 人　陈新文
策划编辑　杨晓澜
责任编辑　张潇格
封面设计　崔晓晋
内文排版　嘉泽文化

出版发行　湖南文艺出版社
地　　址　长沙市雨花区东二环一段508号　邮编：410014
网　　址　http://www.hnwy.net

印　　刷　湖南雅嘉彩色印刷有限公司
版　　次　2025年1月第1版
印　　次　2025年1月第1次印刷
开　　本　787mm × 1092mm　1/32
印　　张　9.25
字　　数　150千字
书　　号　ISBN 978-7-5726-2065-2
定　　价　52.00元

若有印装质量问题，请直接与本社出版科联系调换，0731-85983028

目录

挂在墙上的弦子

这地方的弦子多用于为戏剧伴奏，剧种多，弦子相应就多，每一个剧种都伴有特定的弦子。弦子是弓弦乐器的统称，还有一个叫法是胡人的胡。比如：给豫剧伴奏的弦子叫板胡，给曲剧伴奏的弦子叫曲胡，给坠子剧伴奏的弦子叫坠胡，给越调伴奏的弦子叫四胡，等等。胡胡胡，就这么有戏台处皆有胡。

板也好，曲也好，坠也好，四也好，虽说后面都带一个“胡”字，它们的造型、音质和使命却各不相同。板胡的琴杆较短，音瓢是坚硬的椰子壳做成的，拉起来音质嘹亮，穿透力极强。曲胡的琴杆较长，长得琴首超过了坐在那里操琴者的头顶。曲胡的共鸣箱像一只放倒的笔筒，“笔筒”的一端绷着蟒皮或旁的蛇皮，另一端敞着口子向外扩音。曲胡拉起来悠长、高亢，内里还有着一种浑厚的力量。坠胡的发音含蓄、内敛，听起来稍稍有一点闷。这是因为坠胡下面所坠的扁扁的音箱几乎是封闭的状态。坠胡不太适合为大戏伴奏，比较适合在乡村的月光下拉着唱坠子书。打着简板唱坠子书唱得好的多是女性，而拉着坠胡伴奏的则多是盲人。四胡大概是从大胡、二胡、中胡排下来的，排到了第四位。这四胡之中，排行老二的二胡名气最大，不仅因为它有着以阿炳的《二泉映月》为代表的诸多名家名曲，还因为二胡可以为任何一个剧种伴奏。把二胡说成万能胡也可以。四胡也叫上天梯、四股弦，是为越调伴奏的主要乐器。说越调有的人不一定知道，但一提著名的越调表演艺术家申凤梅所唱的《收姜维》，也许人们就知道了。四胡的音质介于曲胡和二胡之间，拉起来既有曲胡的豪放，又有二胡的柔和与细腻，很适合抒情。

高新月家里的墙上挂的弦子是一把曲胡。曲胡没有装进琴盒，也没有装进布袋，就那么无遮无盖地挂在床边的北墙上。墙上楔有一根用楝树的原木做成的木头橛子，橛子上拴有一个用五彩的布条编织成的绳套，曲胡顶部一侧的纽子就套在绳套里。曲胡的弓子是用竹子和马尾做成的。竹子是斑竹，上面隐隐可见一些紫色的斑点。马尾是白色，可以判定是从白马的尾部采取下来的。弓子被紧贴着琴杆竖起来，扣在琴首一侧的纽子上。曲胡在拉响的时候，两根琴弦是紧绷的，压在琴弦下面的用高粱莛子做成的琴码，放置在琴筒底部的中间位置。封在琴筒底部带花纹的蟒皮同样是紧绷的，在曲胡暂时不拉的时候，高新月不仅把琴弦稍稍放松，还把琴码移到琴筒的边框那里去，这样就可以防止琴码把蟒皮压得塌陷下去，影响音响的质量。曲胡挂得比较高，可谓高高挂起。高新月伸手能摸到琴筒和琴杆，她女儿踮起脚尖都够不到。

弦子属于高新月的丈夫潘明华，全家人只有潘明华一个人会拉。如今潘明华外出打工去了，高新月不会拉，女儿更不会拉，弦子便上了墙，闲置下来。

当年潘明华要出去打工时，对他的弦子看了又看，摸了又摸，似乎有些不舍。

高新月看出了他的不舍，问他：怎么，你想带着你的弦子吗？

潘明华没有回答想不想带弦子，他问的是另外的问题：你想跟我一块儿出去打工吗？

高新月双手把自己鼓起来的肚子摸了摸，说：我这个样子怎么跟你一块儿出去呢？我要是出去了，是我打工，还是工打我呢？又说：你不用考虑我，想带弦子你就带着吧，歇工的时候想拉就拉一拉吧。

你不在我身边，我拉给谁听呢？

你可以拉给别人听嘛，不知有多少人喜欢听你拉弦子呢！高新月说着微笑了一下，她笑得有些调皮，又似乎大有深意。

潘明华明白自己妻子的意思，承诺说：你在哪里，弦子就在哪里，今后弦子我只拉给你一个人听，一辈子都是这样。

潘明华在外面打工没有固定的地方，有时在建筑工地搬砖，有时在修路工地和泥，还有时在小煤窑里挖煤。他外出打工四五年了，每年只有在过中秋节或过春节的时候，才回来一次或两次。潘明华每次回家，不等她高新月提要求，就主动把弦子从墙上取下来，转一转轴子，调一调弦，为妻子拉上一曲两曲。这让高新月很是满意，甚至有些感动，像重温了旧梦一样。

这年离中秋节还有三天，老天爷下起了雨。雨是秋雨，也是连阴雨，沥沥啦啦下个不停。雨夜里下，白天也下，下得没黑没白，到处都湿漉漉的。地是湿的，天仿佛也变成了湿的。石榴树的叶子是湿的，连院子里那根在好天好地时晾晒衣服的铁丝，都挂满了晶亮透明的水珠，铁丝仿佛也变成了湿的。黄母鸡躲在柴草垛的檐下避雨，因柴草垛也被雨水淋湿了，黄母鸡避雨的效果不是很好，鸡的翅膀变得深一块，浅一块。黄母鸡把一只爪子提起来，藏在身子底下，喉咙里不时发出一些声音。那声音像是叹息，又像是呻吟。天这样不开脸，雨这样不断线，到了中秋节的那天晚上，恐怕看不到月亮了。高新月最近没有收到潘明华的信，他估计丈夫在过中秋节的时候不会回家来了。在高新月的心目中，潘明华既是他们家的太阳，也是他们家的月亮，潘明华过节不回家，就如同遇到了下雨天一样，家里既没有阳光的照耀，也不见月光的光华。

　　高新月家的屋子只有两间，墙是土坯墙，顶是麦草顶。连阴天雨气弥漫，地上返潮，屋里充满泥土和麦草的气息。这天早上吃过早饭，高新月无法带女儿盼盼下地干活儿，对盼盼说：咱们接着睡觉吧。她们在床上躺下，听见窗外有一只秋虫子在叫。高新月听不出是什么样的虫子在叫，也猜不到虫子躲在哪里。尽管外面沙沙地下着雨，虫子的叫声仍然很清晰。也许下雨的声音对秋虫的叫声所起的是烘托的作用，越是下雨，秋虫的叫声愈显得突出。随着天气越来越凉，秋虫大概也感觉到，留给它的时日已经不多，再不叫就没机会叫了，再不唱就没机会唱了，所以它要抓紧最后的时间鸣叫、弹唱。它唱得断断续续，声音已不似夏日里那般嘹亮，颇有一些凄凉的味道。高新月转脸看见了挂在墙上的弦子，翻身起来了，拿起一个用红蓝鸡毛扎成的鸡毛掸子，着手清理弦子上的灰尘。其实弦子上干净得很，不管是琴冠、琴轴、琴杆、琴筒，还是琴弓、琴弦，都干干净净，称得上一尘不染。因为她过一两天就用鸡毛掸子把弦子上上下下掸一遍，绝不允许灰尘在弦子上停留。这样一来，她用鸡毛掸子轻轻接触弦子，其意义不光在于清理灰尘，好像是她必修的功课，又像是她的一种精神寄托。鸡毛掸子不是弓子，当鸡毛碰到琴弦时，本来没发出什么音响，可高新月仿佛产生了幻觉，竟然听到弦子悠悠地响起来，一响就响得很远，与外出打工的丈夫联系了起来。

在女儿盼盼看来，妈妈不是在为弦子清理灰尘，像是用鸡毛掸子给弦子挠痒痒。妈妈每次给她挠痒痒，她都会禁不住笑出声来。她以为妈妈给弦子挠痒痒时，弦子也会笑。鸡毛那么花，那么软，扫在皮上那么轻，谁会不笑呢？可不管妈妈怎么给弦子挠痒痒，糊在琴筒上的蟒皮还是紧绷着，琴杆的腰杆还是挺直着，一点儿都不笑。弦子的表现真让人叹气。盼盼也知道，妈妈不会拉弦子，只有爸爸会拉弦子，爸爸回家的时候，弦子才会响起来。她问妈妈：我爸爸什么时候回来呀？

我也不知道。你是不是想你爸爸啦？

女儿点点头，眼睛看着妈妈。下雨天屋里有些暗，但女儿的大眼睛亮亮的。

告诉妈妈，你哪儿想爸爸呢？

女儿的眼珠转了又转，眉头皱了又皱，哪儿想爸爸呢？这个这个……她的手指头突然往墙上一指，弦子！

你是说弦子想你爸爸了，对吗？还没等女儿回答对不对，她又说：弦子又没长心，它怎么会想你爸爸呢！

女儿却说：弦子长心了。

你这孩子真能瞎说，弦子的心长在哪里呢？你说，你说！

女儿伸出一根指头，把弦子从上指到下，似乎也不能确定弦子的心长在哪里。女儿笑了，笑得似有些害羞。

你这个小鬼头，原来你是蒙你妈妈呀！今年过年，要是你爸爸也不回来怎么办呢？要是你爸爸不要咱娘儿俩了怎么办呢？要是你爸爸在外面给你找个后妈怎么办呢？窗外秋雨绵绵，妈妈放下鸡毛掸子，把女儿的毛毛头摸了一下。

女儿的鼻子哼哧了两下，嘴唇撇了两撇，就哭了起来，边哭边喊：我不要后妈，我就不要后妈！女儿一哭，眼泪哗啦啦地流下来，似乎比屋檐上的雨水流得都欢实。

高新月知道自己把女儿给惹了。小孩子都心实，你说的是假设，到她那里就成了真事儿；你假设的问题是三个，到她那里就有可能变成一百个；如果你的假设有些悲观，她比你还悲观，会沿着悲观的路一条道走到黑。高新月赶快把女儿抱住了，抱得把女儿的脸贴在她怀里，等于用自己的衣襟为女儿擦眼泪，安慰女儿说：妈跟你说着玩儿呢，你怎么能当真呢！你爸爸过年时一定会回来。他舍天舍地，也舍不了咱娘儿俩。你爸爸绝对不会给你找后妈，这一条儿我敢替你爸给你下保证。还有一条你要记住，你爸跟我说过，他的魂就在这把弦子里藏着，只要弦子在家，你爸的魂就在家。只要你爸的魂在家，等于他一天到晚跟咱们在一起，下雨天跟咱们在一起，下雪天也跟咱们在一起。好了，乖孩子不哭了，你爸的魂听见你哭，他该心疼了。刚才你说弦子长心了是对的，你爸爸藏在弦子里的魂，就是弦子的心哪！

雨还在下着，院子里起了一层水雾。妈妈所说的魂，让女儿有些好奇，还有些害怕。她听村里的老奶奶说过，人好比一只气球，人的魂就是吹进气球里的气，有气在气球里顶着，气球才会圆，才会飘起来。要是把气放出来呢，气球就会变得松皮拉剐，掉在地上。老奶奶的意思是说，气和气球不能分开，人和人的魂也不能分离。而爸爸的魂要是藏在弦子里面的话，等于爸爸和魂分在两下里，那爸爸怎么有力气干活呢！女儿不哭了，从妈妈怀里侧过脸去，露出眼睛，重新打量挂在墙上的弦子。她猜想，爸爸的魂有可能藏在弦子下面的筒子里，因为从筒子那里往上看，不是光杆，就是细弦，没有任何可以捉迷藏的地方，要是隐藏的话，只能藏在那个里面都是黑影的筒子里。

妈妈对女儿说：你会越长越高，等你爸爸再回来的时候，我让他教你拉弦子怎么样？

不，我不学拉弦子。

为啥？

我笨，我学不会。

谁敢说我闺女笨，我闺女聪明得很。你要是学拉弦子，说不定比你爸爸拉得还好听呢！

我听人家说，就是因为你爱听我爸爸拉弦子，才嫁给了我爸爸，是这样吗？

是呀，我就是爱听你爸爸拉弦子，你爸爸拉弦子就是拉得好听嘛。

我还听人家说，你不是嫁给我爸爸，嫁给的是弦子。

这可是胡说，弦子都是靠人拉的，没有人拉，弦子自己是不会出声的。同样的道理，弦子和你爸爸相比，爸爸才是主要的，是你爸爸拉弦子，不是弦子拉你爸爸。是你爸爸拉弦子拉得好，弦子又喜欢让你爸爸拉它，互相变成了知音，他们才做到了合二为一。我说这些你还不懂，等你长大了，听你爸爸冬天弦子拉得多了，慢慢就懂了。

丈夫潘明华曾在公社宣传队拉过弦子，为曲剧《收租院》等戏伴奏。在宣传队期间，潘明华每月可以领到十五块钱的生活费。每天可以在食堂跟公社干部一起吃饭。宣传队在公社驻地演出，也抬着戏箱到乡下演出。只要有曲剧演出，潘明华作为宣传队里拉曲胡的头把弦，都会坐在戏台一侧的突出位置。那时，他和宣传队里一帮青年男女每天都是拉着弦子过，都是唱着过，都是跳着过，过得很是快乐。他们不在意宣传什么，上面让宣传什么，他们就演什么，只要能在宣传队里吹拉弹唱、演戏跳舞就行。比起全公社那些穿着补丁衣服、打着赤脚在田里辛勤劳动的青年，潘明华他们意识到了所处位置的优越，几乎有一些出人头地的感觉。他们想，宣传队永远办下去就好了，他们在宣传队里永远快乐下去就好了。然而正如人们所唱的那样，好花总是不常开，好景总是不长在，宣传队在头年的初冬成立，到第二年遍地的小麦刚刚甩穗，宣传队就解散了，宣传队的存在前后不过半年多时间。

潘明华从宣传队回家之后，样子像是有些失落，精神头儿提不起来。他在宣传队的时候，生产队里每天给他记十分工，而且一天不落。他回生产队割麦、锄地、栽红薯，生产队里每天却只给他记八分，赶上他哪天早上睡过了头，出工迟了，队里的记工员就会给他扣掉两分。加之生产队长跟他爹有些矛盾，把气出在他身上，时常给他脸子看，这让他的心情苦上加苦，闷上加闷。苦闷实在无法排解，在下雨天，或下雪天，他就关起门来，把弦子拉一拉。这时村里有人给他出主意，说他既然掌握了拉弦子这门技艺，可以去游乡要门头儿。在家里种地挣工分，每天累得少皮子没毛，也不过挣一毛两毛，出去拉弦子要门头儿呢，每天轻轻松松至少也能挣一块两块。潘明华听说过要门头儿这种说法，也见过要门头儿的在村子里走动。一般来说，要门头儿者都识些字，身怀某种技艺。有的手拿毛笔和墨盒，在人家门边的墙上写两句吉利话；有的手拿竹板对着人家门口唱一段带有祝福意思的莲花落子；有的是拿着弦子，到人家院子拉上一曲等。要门头儿的，不被说成要饭的，因为要门头儿与要饭有着明显的区别：要门头儿的多是男人，要饭的多是妇女；要门头儿的不接筐，不端碗，只要钱，要饭的眼里盯的是可以吃的东西，一口剩馍，半碗剩稀饭，都视为可以填肚子的食物；要门头儿的要到谁家门口，先有一定付出，他们付出的是文化，也是艺术，而要饭的只会说两句“行行好吧，给口吃的吧”，一点儿付出都没有。这样比起来，要门头儿似乎比要饭高一个等级，要门头儿与门头儿被要，有交换的意思在里头。尽管如此，潘明华犹豫着，还是不想去要门头儿。在他看来，要门头儿与要饭的性质差不多，都是求人施舍，都有些低三下四。不管怎么说，他曾在公社毛泽东思想宣传队里拉过弦子，有人在戏台上看见过他，或听说过他的名字，他怎么好意思把脸子一抹擦，挨家挨户去要门头儿呢?

给他出主意的人看出了他的犹豫,进一步开导他说，他要是放不下架子，抹不开面子，跟大家一样活受穷不说，恐怕连找对象都成问题。

人都要找对象，找对象对他来说的确是一个问题。因他家里穷，弟兄们多，媒人先后给他介绍过两三个对象，女方一打听他家的情况，就拒绝了跟他谈对象。潘明华后来还是听从了好心人的劝说，用一件破衣服包上自己的弦子，到外村要门头儿去了。为了避免熟人认出他，他没有在本公社的村庄要门头儿，出门走得远一些，到别的公社里的村庄走村串户。让潘明华万万没有想到的是，通过拉弦子，要门头儿，他不但要到了一些小钱，还遇见了一位喜欢听他拉弦子的闺女。潘明华要门头儿要得并不顺利，不但不能让人高兴，有时还让人感到屈辱。有的人家愿意听他拉弦子，任他把一支曲子拉完，给他一毛钱，或几分钱。有的人家不愿意听他拉弦子，他把某支曲子刚拉了一个开头，人家就打断了他，用一两分钱把他打发走了。还有的人家根本不允许他上门儿拉弦子，还没等他拉开架势，人家就表示反对，像撵狗或撵鸡一样撵他走。人家粗暴地撵他走，他一声儿都不敢吭，只能收起弦子走人，边走边叹，走到另一个村庄去了。当得到机会能拉完一曲时，他的悲苦情绪自然而然地就融进了琴韵里，不知不觉间有些眼湿。

要门头儿要到第三天，潘明华发现，当他从这一家转移到那一家时，除了有一帮小孩子在后面跟着他，不远不近跟在小孩子们后面的，还有一个已经不是小孩子的闺女。尽管潘明华在拉弦子时塌着眼，低着眉，之前他还是注意到了，不管他到哪家拉弦子，这个闺女都会跟着听。闺女站得并不靠前，站在一个墙角，或站在一棵树后，在悄悄地听他拉弦子。潘明华毕竟在公社宣传队里干过，毕竟是见过一些世面的人，他判断出来了，这个闺女是一个喜欢听拉弦子的闺女，而且是一个喜欢听他拉弦子的闺女。嘤其鸣，求其友声。有一个闺女喜欢听他拉弦子，这是难得的。潘明华站下来，招招手，让闺女离他近一些，问她：你是不是喜欢听拉弦子？闺女点点头，说是。潘明华说：那我单独给你拉一段儿怎么样？闺女说：我没有钱呀，我连一分钱都没有。潘明华说：只要你喜欢听我拉弦子，这比有钱更重要。就在村街的路边，潘明华靠坐在一只石头碓窑子边，拉了一段曲牌为《苦书韵》的曲子。这是他比较拿手的一支曲子，他拉得也很投入，很抒情，很上心，以致把听他拉弦子的闺女感动得泪花花的。收起弦子，潘明华对眼前的闺女说：你以后听我拉弦子，可以站得离我近一些，别人要是问你我是谁，你就说我是你的表哥就行了。我的名字叫潘明华。闺女点点头，表示记住了。我可以问一下你的名字吗？潘明华问。我叫高新月。潘明华把高新月的名字重复了一下，带着高新月向另一家走去。

走过一家又一家，走过一庄又一庄，走过一天又一天。不管潘明华走到哪里，高新月都跟到哪里，潘明华拉弦子从天明拉到天黑，高新月听拉弦子也从天明听到天黑。终于有一天，潘明华在外村要过门头儿往自己所在的村庄走时，高新月也跟他一起，到潘明华的家里去了。天已经黑下来了，潘明华的父母安排高新月在潘家住了下来。他们看出来了，四小子外出要门头儿，钱没要到多少，竟要回了一个大闺女。他们家四个儿子，只有大儿子结了婚，有了老婆，下面的三个儿子还都是寡汉。他们没有想到，四小子东跑西跑，东拉西拉，东要西要，自己就把对象找到了，而且找到的对象还不错，漂亮又识字，比大儿媳妇儿强多了。四小子找对象，一不用媒人介绍，二不用花钱送彩礼，只通过拉弦子，就把对象拉到家里来了，这真是天大的好事。想当初，四小子小学毕业后想跟本村的一个瞎子学拉弦子，他们都不同意。四小子想学一门手艺的话，如果学习当木匠、石匠、铁匠、泥瓦匠等，他们都不会反对。儿子提出要学拉弦子，他们认为学习的方向不对。拉弦子能当什么呢？能当吃，能当穿，还是能找老婆呢？什么都不能，一点儿都不实用，拉弦子也就是拉着玩玩而已，也就是没事儿了听听声而已。他们还认为，四小子是怕苦怕累，不愿意好好当庄稼人，才提出去跟瞎子学拉弦子。他们不让四小子学拉弦子，四小子就偷偷去学。

也许四小子天生适合学拉弦子，瞎子说他上道儿很快，比师傅拉的一点儿都不差，临死前把拉了一辈子的弦子传给了他。就是凭着这把弦子，四小子不但曾把自己拉到了公社宣传队，吃了半年多白面馍，还给自己拉回了一个老婆，你看看，你看看，天下的事儿真是说不准。

高新月的父母得知他们的闺女要嫁给潘明华，说啥也不同意。什么拉着弦子要门头儿，不就是一个要饭的吗，不就是一个叫花子吗，他们好不容易养大的亲闺女，怎么能嫁给这样的人呢！他们认为高新月一定是被鬼迷住心窍了，或者是疯了，不然的话，她怎么会糊里糊涂地跟人家走呢！他们对闺女的质问，跟四小子的父母当年对四小子提的问题几乎是一样的，他们问高新月：你听拉弦子能当饭吃吗？高新月的回答是能，只要能听潘明华拉弦子，她不吃饭都中。父母问：你听那小子拉弦子能当衣穿吗？高新月回答还是能，只要能听潘明华拉弦子，她一辈子穿打补丁的衣服都没什么。父母说：姓潘的是一个穷光蛋，靠他拉弦子，要门头儿，能盖起房子吗？高新月说，盖不起房子也没关系，她宁可住在撂天地里，也要跟着潘明华。见高新月铁了心，就算拴了脖子拉回她这个人，也拉不回她的心，只好作罢。父母最后给她撂下的话是，权当没生她这个闺女，就让她听着弦子喝西北风去吧。

高新月嫁给潘明华后，他们夫妻结伴又游乡要了一段儿时间门头儿，过了一段夫拉妇随、漂泊流浪的生活。然而，随着分田到户，随着青壮男人可以外出打工，随着农村人也买了收音机、录放机、电视机等，人们就不稀罕听拉弦子了。别说听单拉独奏的弦子，连三月三庙会上唱大戏，人们都懒得去听。风向说变就变，社会说变就变，人们的爱好亦随之变化。在这种情况下，潘明华和高新月都明白，拉着弦子要门头儿的行为再也行不通了，如果硬要实行，只能被人说成不识时务，成为笑柄。他们家也要攒钱，也要盖房子，于是，潘明华收起弦子，告别妻子，随着浩浩荡荡的打工潮流，也外出打工去了。

留在家里的高新月怎么办？她是被潘明华拉弦子所发出的音响而感动，冲破世俗的阻力，心甘情愿地做了潘明华的妻子。她原以为，只要她守着潘明华，就等于守着弦子，她只要想听弦子，潘明华随时都会抄起弦子，拉给她听。谁料得到呢，潘明华留下弦子，也留下她，说外出就外出了。高新月完全能够理解潘明华的心情，潘明华正是出于对她的爱，出于对家庭责任的担当，出于能让她过上幸福生活的愿望，才恋恋不舍地留下她，并留下弦子，一个人到远方去了。

过了中秋节，天就放晴了，太阳照到哪里都黄黄的，像是镀上了一层金色。等阳光把地里晒得稍干一些，高新月就带着女儿盼盼去地里收庄稼。别看他们家的土地只有两亩多一点，高新月种的庄稼却很全，有玉米、芝麻、大豆，还有红薯、花生。这天来到地头，高新月先拔出一蔸花生，让女儿自己剥生花生吃，她背着荆条筐，钻进玉米地里掰玉米棒子。掰满了一筐，她就背回家去，晾晒在院子里，再返回地里接着掰。路上有村里的嫂子问她：过中秋节没看见潘明华回来呀？高新月说：他没回来。嫂子知道，高新月因为喜欢听潘明华拉弦子，才嫁给了潘明华，她接着问：潘明华不回来，谁拉弦子给你听呢？高新月的回答让嫂子吃惊不小，她说：没事儿，弦子自己会响，我想听的时候，弦子自己就响起来了。嫂子把高新月看了看，说你吓死我吧，你不是说梦话吧，弦子没人拉自己会响，那弦子不是变成神仙了吗！高新月说：真的不诓你，在夜里人静的时候，我想听什么曲子，就有什么曲子。

过了八月十五，月亮一天比一天升起得晚，到了八月十九这一天，高新月和女儿吃过了晚饭，女儿都睡着了，月亮才慢慢地从东边升起来。也是以八月十五作为一个分界线，日子每多一天，月亮就少那么一点点，月饼似的月亮就不那么圆了。不过，月亮虽然每天递减一点，它发出的月光似乎一点儿都不减弱，仍照得院子里白花花的，像撒了一地碎银。月光这么好，她舍不得丢下月光就睡，便躺在床上，看了一会儿从窗口透进来的月光。人间月亮共一轮，乡下有月光，城里也会有月光，她猜不着潘明华这会儿在月光下干什么。她听潘明华说过，在外面打工，加班加点是常有的事，有时白天干了一天，晚上还会接着干。这么说来，潘明华这会儿也许仍在工地上搬砖，和泥。一双拉弦子的手，去搬那么粗糙的砖，去和那么稀烂的泥，真是有点儿可惜。有人问过高新月，嫁给潘明华后悔不后悔，高新月的回答很肯定，也很坚定，说一点儿都不后悔。她说，潘明华现在虽说在外头不拉弦子了，不等于他不会拉弦子，弦子的曲子都在潘明华肚子里装着呢，只要想拉，他回来就能拉。

回过眼来，高新月看了一眼挂在墙上的弦子。在煤油灯的灯光下，她先看到了琴筒后面白色的琴码。因琴码是用高粱的莛子做成的，高粱莛子的表面似有一层会反光的玻璃质，煤油灯小小的橘红色灯头就映在琴码子上，床头的箱子上面有一盏灯，琴码子里好像也闪烁着一盏灯。她看到了琴码子并继而看到了整把弦子，脑子里某个地方仿佛轻轻响了一下起板，紧接着，弦子的曲调就在她的脑子里幽幽地响起来。如她所听到的并吃到心里去的潘明华所拉过的所有曲调一样，这个曲子也是先慢后快,先缓后急,先低后高,一步一步就推向了高潮。既然她先看到的是用高粱莛子做成的琴码子，那么响在她脑子里的乐曲就是高粱曲。遍地金黄的小麦刚刚收割完毕，农人不等土地喘一口气，马上就在地里种上了高粱。高粱的种子是红的，发出的苗子却是绿的。油绿的高粱苗子一天一个样，很快就盖满了大片大片的土地。在夜深人静的时候到高粱地边听吧，满地吱吱作响，都是高粱拔节的声音。这声响像极了拉弦子转轴调弦的声音，仿佛每棵高粱都是一把弦子，它们都在抓紧时间转轴调弦，等弦调好了，它们就共同演奏一曲绿色的乐章。好嘛，风来了，它们演奏的机会就来了，演奏正式开始。风小的一阵，它们的演奏嘈嘈切切，如同爱的低吟浅唱。风大的一阵，整块地里的高粱叶子哗哗作响，如千众欢呼，万众鼓掌。更大的一阵风来了，高粱叶子一路翻卷着向远方波涌而去，把乐曲带到了天边。好嘛，雨来了，高粱曲的演奏翻开了新的篇章。当密集的、珍珠般的大雨点子打在高粱叶子上时，每片高粱叶子无不欢快地浑身哆嗦，好哇，好哇，痛快，太痛快了！在大雨中，它们除了唱歌,还跳起了舞。它们跳得非常狂放,非常尽兴,有挥臂舞、甩发舞、抖臀舞，还有摇头舞，全身的每一个细胞似乎都参与了舞蹈。随着夏天过去，秋天到来，高粱开始秀穗，灌浆，穗头逐渐变红。当高粱的面孔红得像饱经风霜的老农，它便沉静下来，低下了头。至此，高新月脑子里响起的高粱曲就接近了尾声。

夜越来越静，高新月又看到了琴弓上的那束白色的马尾。这么多的马尾，也许不是出自一匹马的尾部，而是从多匹白马的马尾巴上选出来的。在生产队还存在的时候，高新月曾在饲养室里看见过一匹白马，没有看过成群结队的白马；曾看见一匹被绳子拴在木桩子上的白马，没看见过撒欢儿奔腾的白马。她既然从白马尾上联想到了白马，脑子里响起的就是关于白马的曲子。曲子在起板时可以是静的，一如白马在阳光下打瞌睡。曲子响着响着，就成了动的，一如白马撒开蹄子在原野上奔跑起来，发出四蹄敲地嗒嗒嗒嗒的脆响。曲子的旋律在高新月的脑子里回旋了一会儿，她的想象力就参与进来。高新月之所以爱听拉弦子，一听潘明华拉弦子就入迷，与她丰富的想象力有着密切的关系。比如潘明华拉的曲子是一朵小红花，在她的想象里就变成了满天彩霞；潘明华拉的曲子是一只萤火虫，在她的想象里就变成了满天星斗；潘明华拉的是一滴水，在她的想象里就变成了大河奔流。那么白马曲呢，加入高新月的想象之后，就成了万马奔腾的奔马曲、赛马曲。一大群张扬着白尾巴的白马，在一望无际的原野呼啸而来，呼啸而去，如大海的波涛，奔涌的白云。

入冬下第一场雪的时候，高新月收到了潘明华的一封信，信里表达了对她和女儿盼盼的思念之后，说等他回家过年的时候，一定要好好地拉弦子给她和盼盼听。高新月把信读了两遍，到墙边把琴杆摸了摸。琴杆十分光滑，比琢玉还要滑手。琴杆除了光滑温润如玉，还有些发红。高新月知道，琴杆如此光滑，都是潘明华的师傅和潘明华用手磨出来的。琴杆有些发红呢，那是因为琴杆里渗进了他们师徒的汗水和血液。高新月听潘明华说过，这把曲胡的琴杆是用梨木做成的。看到梨木琴杆，高新月就联想到了梨树和梨花，她脑子里响起的就是梨花曲。杏花开罢桃花开，桃花败了梨花就开了。一样花有一样花的颜色，梨花的颜色与杏花、桃花都不一样，杏桃的花朵都带有一些粉红，梨花的颜色却是纯白。高新月最喜欢看梨花，特别是梨花园里大面积的花海。梨花的白，像是最白的蝴蝶翅膀的蝶白，白中给人一种微微颤动的感觉。梨花的白，还是会发光的白，它发出的光是微光，像是蝴蝶翅膀上的荧光，又像是月光，带给人的是灵动的、无边无际的遐想。因窗外下着雪，梨花曲自然而然地就过渡到了雪花曲。梨花白，雪花也白。相比之下，雪花开得更普遍，飘得更自由，不开则已，一开就是天也白，地也白，房也白，树也白，白得混混沌沌，苍苍茫茫。潘明华说了，过年要回来，雪花曲没让高新月觉得冷，反而让她感到了融融的暖意。

潘明华到家的时间是腊月二十八的晚上，村里已零零星星响起迎新年放小炮的声音。他放下行李，拉开拉杆箱，从箱子里取出给妻子和女儿买的新衣，还有过年用的烟、酒、糖等，就去里间屋看那挂在墙上的弦子。

高新月注意到，潘明华进家时，手上戴着一双黑色的皮手套。他回到家，又是开行李箱，又是从行李箱里往外拿东西，手套一直没有摘下来。直到用右手从墙上取下弦子，仍没有脱下手套。

你的手怎么啦，没事吧？

没事儿，不耽误拉弦子。

潘明华这才把手套摘了下来。

高新月一看见潘明华的手，心寒得顿时打了一个寒战，原来潘明华的右手残了，五个指头中，小拇指没了，无名指没了，中指只剩下半根。也就是说，右手原本五根好好的手指头，如今只剩下两根半。我的老天爷，你的手咋成了这样子！

没事儿，右手在工地上受了点儿伤，不耽误给你拉弦子听。幸亏没伤到左手，要是伤到左手就坏了，就拉不成弦子了。

潘明华在床边儿坐下，为弦子移了码子，转了轴子，调准了弦音，右手两根半手指捏住弓子，左手在琴杆上下移动，就拉了起来。他拉了一会儿，眼泪从眼角涌出，顺着两边的鼻凹流了下来。在煤油灯的照耀下，两道眼泪明晰晰的，像两条小溪。

见潘明华流眼泪，高新月的鼻子一酸，也禁不住流下了眼泪。她对潘明华说：明华，咱不拉了好吗？不拉了好吗……

潘明华没有中断拉弦子，他把弦子一直拉下去，拉下去。

原载《芙蓉》2022年第1期

非常名

朱家运特别想出名，连睡觉时做梦，都云天雾地地做了不少关于出名的美梦。他很早就听说过一句话，叫人过留名，雁过留声。他对这句话的理解不是一带而过，是停留的，终极性的。他理解，所谓过，不是过一下子，是过一辈子，是在人世上走一遭。人的过是这样，雁的过也是如此。人在世间走一遭，要留一点名。雁在天空飞一遭呢，要留一点声。否则的话呢，人和雁的一辈子等于白活。朱家运还听说过一句话，叫人怕有名猪怕壮。这句话跟上句话唱的是反调，告诫人们千万不要出名，一出名就毁了。这句话不惜拿猪作比，说猪一吃得肥壮，就得被人宰掉，吃肉，人一出名呢，其遭遇和下场恐怕跟肥猪差不多。目前来说，朱家运对这第二句话不是很赞同。他想，这样的话很可能是因出名而饱受磨难的人总结出来的，或是想出名没出成、想吃葡萄没吃到的人嘴里所说的酸话。这两种情况跟朱家运的实际情况都不大符合。一是他尚未出名，还处在为出名而奋斗的过程中。二是他对成名的人还只有羡慕，没有嫉妒，不会把人家与猪相提并论。抛开别人不讲，单就朱家运对出名的渴望强烈程度而言，猪不猪的也无所谓，只要猪肥了就能出名，他宁可当肥猪，不当瘦猪，先出名再说，对后果可以暂时忽略不计。

人群如蚁群，想出名是很难的，是有先决条件的。想通过唱歌出名，得有好嗓子；想通过跳舞出名，得有长胳膊长腿好腰身；想通过打篮球打出名堂呢，起码得是个高个子。朱家运不可能通过唱歌出名，他的嗓子紧得很，用扩张器似乎都打不开。他也不可能发挥肢体语言的优势，上舞台跳舞跳出名来，因为他是五短身材，谈不上有什么肢体语言的优势。打篮球更不用说了，他不仅个子矮，身高连一米六都不到，肚子还鼓得像个篮球一样。然而，天生我材必有用，西方不明东方明，朱家运出名的途径是什么呢？他选择的是写作，也就是写小说，当作家。

朱家运为什么会选择写小说作为他出名的途径呢？他觉得这个问题回答起来有点俗，因为不少因写作出名的作者都说到过，他们的写作才能最初是由某个小学或中学的老师发现的。朱家运的回答未能免俗，他不能不承认，他的写作才能也是一位中学语文老师发现的。他写过一篇作文，老师认为写得不错，老师不但在课堂上为全班同学读了他的作文，还评价说，朱家运同学如果照这样子写下去，说不定将来能成为一个作家。哇！作家！老师的说法引起同学们一阵惊呼。就这样，老师的评价和说法像是给朱家运启了蒙，指出了努力方向，又像是把朱家运给惹了，从那以后，他就把自己和作家联系起来，做起了作家梦。说实在话，在此之前，他并不知道作家是干什么吃的，做的是加法，还是减法。听了老师的话之后，他查了一下字典，才从概念上明白了，原来作家是长期以文学创作为业，并做出了一定成就的人。他在心里对自己说：好好念书吧，肚子里的书装得多一些，将来争取当一个作家。

不能说朱家运不聪明，但他的学习成绩并不好，他只读了个初中毕业，连高中都没考上，就随着进城的潮流，到城里讨生活去了。他先是在城里跑来跑去从垃圾桶里拣废品，后来固定一个地点收废品。朱家运听有人把废品说成破烂，把收购废品的人说成破烂王，很不以为然。废品就是废品，干吗说成破烂呢！只听说过废品可以变废为宝，没听说过变破为宝。村里有人说他在城里收废品，他可以接受，如果把他说成在城里收破烂，他就会觉得对他的生意有些贬低。收废品是坐收，居民把废品送到他的收购点，他用电子秤约了斤数，从随身带的腰包里给人家付钱就是了。有的居民叫他老板，给他的感觉很是不错，一听有人叫他老板，他不由得就把腰杆挺得板板的，心里说，好玩儿，一不小心，自己也成了老板。比起农村人，城里人拥有的东西多，产生的废品也多。朱家运除了不收厨余废品和厕余废品，别的废品他几乎都收。他收的废品有旧衣服、旧报纸、旧杂志，还有旧书。有的杂志并不旧，比如五月份出的新杂志，当月就被人卖掉了。在无事闲坐的时候，他会把新杂志翻一翻，看看其中的小说。看小说的时候，他难免会想起当年语文老师对他的夸奖，看时几乎有了挑剔的目光。在他看来，那些小说不过那么回事儿，小说里所说的那些事儿，他也听说过，要是让他写的话，说不定他也能写出来。别看是新杂志，一当成废品卖就不值钱了。同样一本杂志，在报刊亭里卖十块钱一本，卖到他这里呢，只能卖两毛钱。朱家运把一些杂志看完，并不是随手扔到废品堆里去，而是摆放在地面上。他想试一下，这些杂志有没有人买，定价十块钱一本的杂志，他只卖两块钱。不管什么东西，只要有人卖，就可能有人买。有人把杂志翻了翻，真的掏两块钱买走了。细微之处见生财之道，朱家运的精明就在这里，一倒手的功夫，废品变商品，一本杂志他就赚了九倍的钱。

攒了一些钱之后，朱家运不再满足于收购废品，他在城市的郊区租了一块地，办起了一座工厂。朱家运的工厂不生产别的，只生产室内门。那些门看似木门，其实是用锯末、石膏、颗粒塑料等复合材料，通过高温处理压制成型，再趁热贴上一层带有好看木纹的塑料贴膜，一扇扇门就做成了。这样的门成本很低，每扇门也就是几十块钱。可按市场价走，每扇门可以卖几百块钱。在朱家运看来，这就叫发财有门，门门进宝。他满面春风，得意坏了，很快买了小轿车、电脑、老板式写字台，还配了女秘书。在收购废品时，别人叫他老板，他还有些心虚，有些不好意思。现在他成了名副其实的老板，腰也板，脚也板，脸也板，谁开口不叫他朱老板，他反而觉得人家不够意思。

接着，朱老板的名字又和家联系起来，这个家还不是作家的家，是民营企业家的家。什么家都是家，不管干什么事情，后面一带“家”就有些不得了，都不是凭空而来。科学家、思想家、艺术家，具体来说，还有歌唱家、舞蹈家、书法家等等，都是在某些方面取得一定成就并得到社会认可的人。朱家运对“企业家”这个称谓比较认可，也比较看重，认为企业家比老板好听。老板的叫法像是从旧社会沿袭过来的，带有一点资本主义的味道。而企业家的称谓比较现代，名头也大一些。

什么家都不能白当，当了家就要承担一定的社会责任，为公益事业做一些贡献。市里作家协会的秘书长张海艺到厂里找朱家运来了，就一项面向全市中学生征文大赛的合作事宜与朱家运进行商议。张海艺一上来并没有提让朱家运出资的事，只是说待征文结束评奖时可以请朱厂长当评委，召开颁奖会时请朱厂长当颁奖嘉宾，上台为获奖作者颁奖。

朱家运一听就明白了，张秘书长登门找他是拉赞助，是让他出血。他微笑着，说谢谢张秘书长的信任，我们厂是一个小厂，和市里其他大企业比起来，连个小拇指都算不上。小拇指也是指头不是，张秘书长需要我们做什么，您只管说。他准备的是张秘书长狮子大张口，跟他要六十万，他准备砍下一半，只给张秘书长三十万。张秘书长说了奖金、评委费、证书制作费，还有开会租场地的费用，却只提出了希望朱厂长能赞助二十万元。二十万，比厂里六个工人一年工资的总和还要多。朱家运装作出血出得有些疼，答应得不是很痛快，他眨眨眼皮，像是想了一下，又想了一下，说：那就这样吧。既然尊敬的张秘书长说出来了，我不能让秘书长的话掉在地上啊！

张海艺赶紧站起来握朱家运的手，说：朱厂长，您太够意思了，太重视我市的文化建设了，我代表全市的中学生，郑重地向您表示感谢！

朱家运说：我这个人没什么文化，跟一个老粗差不多。我觉得你们在中学生中搞征文挺好的，写作就是要从青少年抓起。朱家运对张海艺的情况略知一二，知道张海艺是个作家，既写诗，又写报告文学。他在报纸和杂志上看见过张海艺发表的诗歌，也看见过张海艺所写的报告文学。朱家运不爱看诗歌，觉得现在的诗歌比白开水还白气，一点儿味道都没有。朱家运认为张海艺写的报告文学也一般化，报告大于文学，为人说好话而已。朱家运听人说过，张海艺之所以两手抓，是用诗歌打名气，用报告文学捞钱。张海艺只要为某个单位或某个企业家写一篇报告文学，都能挣个万儿八千。朱家运预想，下一步，张海艺会不会提出为他写报告文学呢？倘若张海艺提出这个话，他该如何应对？有些话他最好说在前头，堵一堵张海艺为他写报告文学的念头。他说：张秘书长，您不知道，我年轻的时候也做过当作家的梦呢！他把当年中学语文老师对他的鼓励说了一遍。

张海艺一听像找到了同道一样，认为这太好了！他建议朱厂长尽快把作家梦重新拾起来，使梦想成真。

行吗？

当然行了，您只要写就行。

那我写什么好呢？

我劝您最好不要写诗歌，诗歌界太混乱，浑水摸鱼的人太多，竞争太激烈，想出名太难。我要是给您提建议的话呢，建议您最好写长篇小说。您只要把长篇小说写出来，出书的事您不用发愁，我帮您联系出版社，把您的书推出来。您知道，现在干什么事都讲究规模效应。与其他文学样式比起来，长篇小说的规模效应是明显的。

只要您的书出来了，加入作家协会就是顺理成章的事。市里的作家协会就不用说了，让谁入，不让谁入，咱哥们儿说了算。中国作家协会我不敢说，他们的门槛比较高。省里的作家协会，我可以推荐您加入。省里作家协会的秘书长是我的酒友，他每次到咱们市里来，我都把他灌得一塌糊涂。等他下次再来市里，咱们一块儿灌他如何？

可惜我不会喝酒。

不会喝没关系，您给我们提供好酒就是了。

那没问题。

张海艺走后，朱家运没有马上把赞助费打给张海艺，他要等一等，等张海艺发了征文启事，真正把征文搞起来，并搞得差不多了，他再给张海艺打钱不迟。他打钱也不能打到张海艺的个人账户上，须打到作协的账户上，以利于他所赞助的钱真正发挥作用。钱还没打走，朱家运的写作之心和出名之心却被张海艺勾了起来。朱家运想过，人生在世，东奔西跑，南来北往，追求的不过就是两样东西，一个是利，一个是名。有人得到了利，还没有出名，叫有利无名。有人出了名，又得了利，叫名利双收。就朱家运目前的情况看，他虽说得到了一定的利益，积累了一些财富，名是说不上的，属于寂寂无名的一类。名和利相比，利是物质性的，名是精神性的；利是实的，名是虚的。恰恰因为名是虚的，利比较容易得到，名却不容易取得。好比肉是实的，风是虚的，人们轻易就可以抓到一块肉，却很难抓到一股风。人心比天高，也许越是人们不易得到的虚的东西，对人的诱惑就越大，人们越愿意追求。朱家运听从了张海艺的建议，在抓好生产和产品营销之余，果然写起长篇小说来。他不写则已，一写就写得兴致勃勃，每天都想写，一天不写像是缺点什么。每天一大早起来，他不刷牙，不洗脸，所干的第一件事是坐下来写一阵子小说。晚上睡觉前，他还要写一会儿小说，才算完成了当天的所有任务，才上床睡觉。花了不到半年的业余时间，朱家运就把一部将近二十万字的长篇小说写完了。写完后，他让秘书打印出来，装订成一本书的模样，马上通读了一遍。他一边读，一边禁不住佩服自己，觉得自己太有才了，太厉害了！他自言自语地问过自己：这么棒的小说，是那个叫朱家运的家伙写的吗？以前没听说他写过小说呀！回答是：没错儿，这部小说正是那位叫朱家运的企业家朱先生写的。他保守估计，这部小说出版后，他的名气一定会升起来，想按都按不住。到时候，他不必再跟张海艺提加入作家协会的事，自然而然就会进入作家的行列。他写的小说，是在他们老家传说甚广的一个土匪头子的故事。土匪头子纠集了一帮土匪，不仅到处打家劫舍，烧杀抢掠，无恶不作，还特别贪恋女色。每打开一个村寨，他们不仅抢钱抢物抢粮，还会掠走有姿色的女孩子供土匪头子享用。据说土匪头子按皇帝的标准为自己定了指标，不抢够七十二个女孩子不罢休。官府为了除恶，派了一个训练有素的女刺客，潜入匪穴，伺机把土匪头子干掉。在女刺客的想象里，土匪头子应该是魔头怪脸、凶神恶煞一般，不料土匪头子却像一个温文尔雅的白面书生。加之土匪头子对女刺客的长相气韵欣赏有加，特别喜爱，使女刺客不知不觉间忘记了自己的使命，与土匪头子谈起了诗文。直到有一天，官府让线人给女刺客递话，催促她赶快动手，女刺客才记起自己所负的重任。最后时刻，当女刺客用土匪头子的精致小手枪指向土匪头子时，土匪头子从容镇定、面带笑容地对女刺客说：我早就知道你是官府派来的刺客，只管开枪吧，我成全你！这样一部小说，如果再改编成电影或电视剧的话，受众会更多，覆盖面会更广，影响会更大。到那时候，不知会有多少报社和电视台的记者采访他呢！他的工厂做了那么多门，他想出名都没门儿。而这一部长篇小说，就有可能使他名声大震，声名远播。

朱家运的书稿通过张海艺推荐给省里的文艺出版社后，出版社的编辑在两三个月后才对书稿提了审读意见。编辑的意见通过张海艺转达给朱家运之后，让满怀希望的朱家运顿时有些泄气。编辑认为，小说的传奇性太强，文学性不足。小说停留在民间故事传说的意义上，还没有构成小说意义上的故事。小说的语言不够自然、朴实，虚张声势的形容词太多。另外，书稿中有不少错别字，表明作者写作的基本功还不够扎实。编辑的结论是，这样的书稿离出版标准还有一定距离，尚不能出版。不过，张海艺从编辑那里讨来的还有活话，说这部书是无害的，如果作者执意出版，又有财力的话，可以选择自费出版。

听说让他自费出书，朱家运不是很乐意，他说：那算了吧。

张海艺说：别呀，只要有国家的正规书号，自费出版也是出版，出版后就可以放进国家图书馆，在出版目录上就可以检索到，跟正式出版物没什么区别。

自费出版，哎呀，这个事儿听起来总让人觉得有点别扭。

朱厂长您想多了，无所谓的，咱出书才是目的，书能出来就是胜利。有些情况您可能不了解，现在不少领导干部都是自费出书，出了书下面的人争着买，出书的人赚的钱还更多呢。再说了，书上又不标明是自费，自费不自费的，读者才不关心这个呢。比如您这部书吧，自费的事，您不说，我不说，别的人谁会知道呢！据我所知，近一两年来，我们市的所有作者没有出过一部长篇。长篇是重头戏，市里宣传文化部门的领导一直很重视长篇小说的创作。您的长篇一出来，等于为全市的文学创作争了光，添了彩，不知会引起多么大的轰动效应呢！到那个时候，不知有多少媒体的记者追着您采访呢！

自费的话，需要多少费用呢？

嘿，对于您这样的大老板来说，多少费用都是九牛一毛。我向编辑打听了一下，书号费、印刷费、编辑费等各种费用加起来，有三十万就够了。

朱家运没养那么多“牛”，也没有那么多“毛”，三十万可不是“一毛”。他说：我想想再说吧。

张海艺似乎不容他多想，开导他说：朱厂长，我认为您目前所面临的是一个新的机遇，机不可失，时不再来，就看您能不能及时把机遇抓住。咱这么说吧，两年之后，市作协换届，您若是有一部长篇小说在手，就有可能当上作家协会的副主席。这还不算，您的影响一扩大，等市里的人大和政协换届的时候，您还有可能当上人大代表，或政协委员。您想想看，那是什么成色！

当人大代表和政协委员，朱家运从来没敢想过，张海艺的话说得他心里一动，像是为他提供了一个新的思路。是的，不管是代表，还是委员，他如果能当上一样，都非同小可，等于提高了他的社会身份和政治地位，跟当了官差不多。商历来都是匍匐于官的脚下，有了官位才更有利于经商。不难设想，倘若他真的当了“官”，一名引来万利生，他的生意将会更加兴旺，发财的门路将会更加宽广。而这些名和利，必须以出书为前提。先出了书，有了作家的名，才有可能衍生后来的名和利。想到这些，朱家运心里几乎已经同意了自费出书。但他说了想想再说，不想把弯子转得太陡，便说：我明白张秘书长在为我铺路搭桥，处处为我着想，非常感谢您！

通过上次我们搞征文合作，我觉得朱厂长您为人特别实在，办事特别痛快，也特别有文人情怀，可以长期交朋友。换了别的人，我才不给他们出这些主意呢！

明白。张秘书长为我付出这么多辛苦，我应该怎么感谢您呢！朱家远心里还有一个明白，人无利不起早，张海艺为他联系出版社出书，按生意场上的规矩，他需要付给张海艺一定的中介费。说不定，张海艺所提出来的三十万元出书费用中，就包括了中介费。朱家运隐约听人说过，出一本书花不了那么多钱，有十几万元就够了，花二十万元的都很少。张海艺所说的三十万元费用中，恐怕得有十万元进入他自己的腰包。

张海艺表现得十分慷慨：朱厂长，您这样说就外气了，为朋友帮忙，我一分钱的报酬都不会要！帮助市里的作者出书，这本来就是我的职责。

朱家运的长篇小说出版后，拿到新书的他的确有些高兴，比厂里生产出第一扇新门还要高兴许多。他把新书拿在手里前看后看，左看右看，老也看不够。他在写字台上、枕头边、书架上等显眼的地方，都放上了散发着香味的新书，为的是让自己一抬眼就能看到。他书架上所放的一些书，别的书都是书脊朝外，整本书只露一条窄窄的后背。他的书放置在书架的最高层，是封面朝外，带有一花独放的展览性质。他最看重的是自己的署名，印在红色封面上的“朱家运”三个黑字，让他看去觉得有些熟悉，又有些陌生。看着看着，他的名字仿佛幻化成了他的身影，确认般地立在书的封面上，正在对他微笑。还有他名字后面的那个“著”字，初见几乎把他吓着了。以前他觉得“著”字重若千钧、万钧，从不敢想到有朝一日自己的名字会和这个字联系起来。现如今呢，黑字红纸，红纸黑字，他的三个字的名字后面真的跟了一个“著名”的“著”字。这表明他也有了自己的著作，我的天哪，这可怎么得了！

书为朱家运所赢得的名声构成了一个系列。他在写字台上放有一摞自己的书，每当谈购门生意的客户来访，他必不忘送人家一本书，签名请人家指正。人家接到书，无不对他做出刮目相看的惊讶表情，说朱老板，您原来还是一位作家呀！朱家运表现得很谦虚，说写不好，业余时间写着玩儿呢！人家问：出这么厚的一本书，得挣不少钱吧？他说嘿，我不指望写书挣钱，读者爱读，就是对我最高的奖赏。市里的晚报，不仅为他的长篇小说的出版发了消息，还发了书评，称小说写了人性的丰富性，有积极的阅读价值，是本市文学创作的又一重要收获。朱家运顺利地加入了市里的作家协会，成为市级作家协会的一员。在张海艺的运作下，朱家运还加入了省里的作家协会，并在市作协换届时，当上了市里作家协会的副主席。副主席比较多，有七八十来个。但副主席再多，也不会对副主席的名誉产生稀释作用，他也是副主席其中的一个。有时市里作协召开作者会议，他还被安排坐到主席台上，座位前面的桌面上赫然摆放着他的名牌。有作者叫他朱主席，要求与他合影。人家喊他主席，受宠若惊之余，他觉得很是受用。他当厂长时，没人要求与他合影。他当上了副主席，才有人与他合影。看来当厂长不算有名，当副主席才算有名。与他合影的有男作者，也有年轻貌美的女作者，女作者挽住他的胳膊时，他美得有些绷不住嘴。为他们照相的人指出了他的美气，说：朱主席好美呀！朱家运变得自信和幽默起来，说是呀，美是不能拒绝的，我不用再喊茄子了！

朱家运也有不甚满足的地方。市里的人大和政协换届的时候，他没能当上人大代表，也没能当上政协委员。还有，他申请加入中国作家协会，也未获批准。张海艺劝朱家运不要泄气，最好再干一部长篇出来。张海艺说，写小说如种庄稼，庄稼得一茬接着一茬种，不能只种一茬就不种了。张海艺还说，出书如开花，开完一朵还要再开一朵，只开一朵很难引起人们的注意。当上副主席后，朱家运多次请市里的作协主席王年吃饭，跟王年也熟悉了。王年是中国作协的会员，他对朱家运说，据他所知，中国作家协会的门槛是很高的，对入会资格的审查是很严格的。全国各地的写作者申请入会，须先通过专家咨询那一关。专家咨询组的成员都是著名的作家、评论家和编辑家，他们的文学眼光都很厉害，对申请入会的作者相当挑剔，一般来说，从五个申请入会的人中才能挑出一个。有的作者报上去一摞书，都入不了专家的法眼。还有的作者申报了好几次，黑头发变成了白头发，急得几乎撞头，仍没有获得批准。王年主席的看法是，一个作家还是要靠作品说话，只要作品过硬，作家协会不会把任何一位好作家拒之门外。王年也劝朱家运继续写小说，但他不主张朱家运非要写长篇，把短篇写好了，也能写出名气，也能得到文坛的承认。王年以他自己为例，说他以写小小说为主，至今已发表了二百多篇小小说，小说集已出版了三部，获得过两次刊物的年度文学奖。他虽然没写过长篇小说，并不影响他在文学界产生影响。王年比较看重在文学杂志上发表作品，认为种种文学杂志构成了文学的阶梯和不同层级的平台，只有通过阶梯，一步一步向上攀登，才有希望登上比较高的平台，扩大在读者中的知名度，并创下自己的牌子。比如在北京的《人民文学》《十月》《当代》等，在这样的文学杂志上哪怕只发表过一篇作品，也跟中了文学状元差不多，可以一辈子都写进作者简介里。专家组里的那些作家、评论家，都是从大刊物里走出来的，他们除了对大刊物有感情，保持着对大刊物的阅读习惯，也是通过阅读那些大刊物，了解文学的发展情况，看看又出了哪些文学新人。有的新人虽然还没出过书，但只要在大刊物上发表过一两篇作品，专家看到也会眼睛一亮，说这个可以，有发展潜力，可以吸收入会。

朱家运把王年喊王老师，他说王老师的话是对他的教诲和鼓励，对王老师表示衷心感谢。像王老师这样在市里有名望的人，倘若不是他写了一部小说，当上了作协的副主席，他是没机会见到王老师的，请王老师吃饭也轮不到他。王老师的教诲，至少让他明白两个意思。一个意思是，人的名气不能一劳永逸。风经常在大地上吹来吹去，人们才会记住风，云经常在天空飘来飘去，人们才不会忘记云的存在。如果他从此不写小说了，他的名气等于风也不吹了，云也不飘了，什么都没有了。如果说写作偶尔使他登上了一条船，上船容易下船难，想下船不是那么容易的。另一个意思，王老师希望他也写小小说，写了小小说在刊物上发。朱家运说好，他向王老师学习，写小小说试一试。他问王老师：等我写出了小小说，你先帮我看一看如何?

王老师没有答应帮他看小小说，王老师说：一般来说，我不看作者没发表的作品，全市的作者那么多，我哪里看得过来!

朱家运听得出来,王老师并没有把门堵死,事情有“一般来说”，就可能有“二般来说”，他说：老师你也知道，我开了个厂子，经济效益还可以，我不会让老师白辛苦。

王老师摇手：咱不说这个。

朱家运写完了一篇小小说，打印出来，登门请王老师帮他看。他知道王老师爱喝白酒，也爱喝绿茶，就给王老师送上两瓶最好的酒和顶级的茶。

以后再来不要带什么东西。

我请老师帮我掌掌眼,看看我是不是写小说的料儿，要根本不是那块料儿，我以后就不写了。

不管干什么，都不可能一蹴而就。

一篇小小说也就三四千字，不长，朱家运想在王老师家里坐一会儿，等王老师把稿子看完后，当场就听听王老师的看法。可王老师没有马上就看的意思，他说：你不要着急，把稿子留下，我抽时间看，等看完了咱们再联系。

朱家运连说：不着急，不着急！

朱家运耐心等了两个星期，王老师才给他打电话，谈了对稿子的看法。王老师说，他的小说能够自圆其说，构成了一个完整的故事。小说的意思也不错，表达的是一种善意。但小说还是有一些问题，离发表的标准还有一定距离。主要的问题，一是取材不太好，过于离奇。二是立意没有自己独特的发现，缺乏新意。三是叙述语言太用力，太夸张，不准确，不自然。这三个问题都是写小说的基本问题，希望他在今后的写作中加以注意。

那，这篇小说有没有修改的基础呢？

电话那头，王老师停顿了一下才说：修改的基础还是有的，但我建议你不要急着修改，放一放再说。你不妨另写一篇试试。记着，一定要写自己熟悉的生活，一定要找到自己。据我所知，你奋斗到今天这一步，也经历了不少艰难困苦，放着自己的生活体验不写，何必舍近求远、隔靴搔痒呢！

太好了，王老师您说得太好了，我觉得听了您的指点有茅塞顿开之感。我的创业经历是很丰富，恐怕写一部长篇都写不完。朱家运正要讲一下他的经历，王老师说：咱们有机会再聊吧！

王老师，今天晚上我请你喝酒如何？

你不喝酒，我一个人喝又喝不起来，有啥意思呢！

那我把张秘书长约上，让他陪你喝，怎么样？

那就更没必要了。

按照王年老师的指点，朱家运以自己的人生经历为素材，又写了一篇小小说。这次把稿子送给王老师指教时，他没有给王老师送酒和茶叶，而是送上了一个信封，信封里装了三千元现金。王老师一见信封，大约就明白了信封里装的不是信，因为现在写信的人已经很少了，信的时代已经过去了，他说：这不好！

朱家运说：王老师，我尊重所有的劳动。

你这句话说得好，上升到了哲理的高度。有你这句话，我相信你不会拖欠农民工的工资。

那是肯定的。

这一次，王老师把朱家运的稿子看得比较快，朱家运头天送上稿子，第二天王老师就给朱家运打来了电话，说，对了嘛，这样写路子就对了嘛，这篇小说比上一篇好多了。只是结尾处还没有提起来，再把结尾修改一下，往上提一下，这篇稿子就可以往外投了。王老师特别强调了小小说结尾的重要，说看一篇小小说写得如何，主要从结尾上判断，结尾好，作品就好，结尾不好，稿子就砸锅。从某种意义上说，写小小说就是写结尾。小小说的尾巴甚至比老虎和豹子的尾巴还重要，老虎和豹子没了尾巴，似乎仍可以存活，而小小说的尾巴不好，小小说就活不了。这些都是他的私密经验，以前他没跟别人说过，是第一次跟朱家运说。对于稿子结尾的修改，王老师提出了具体的意见，几乎等于为朱家运的小说设计了一个结尾。

朱家运只有叫好的份儿，他说太好了，太好了，按照王老师的指教，他马上把结尾改一下。他还说，等他把结尾改好后，再请王老师过目。

王老师说：你改完我就不看了，你直接投给杂志社的编辑部，让编辑看就行了。稿子能不能发，由编辑说了算，直接投给编辑部，就省得绕弯子了。

朱家运把稿子改完后，先寄给了北京的一家杂志社。两个月后没接到采用通知，他改寄到省里的一家杂志社。又两个月过去了，一点儿音信都没有，他再次降格以求，寄给了省会城市的一家杂志社。他知道，这家杂志以发小小说为主，对这家杂志报的希望大一些。然而，让朱家运失望的是，他把稿子挂号寄给这家杂志社后，仍然如泥块投水，杳无消息。偶尔，有男女文友结伴到朱家运的厂里蹭饭，聊天儿，谈起投稿儿的事，每个文友似乎都有一肚子怨言。他们说，现在投稿难得很，稿子投到杂志社后，编辑可能连看都不看，就扔到废纸堆里去了。原因是，现在识字的人太多了，有文化的人太多了，能诌两句文的人太多了，加上有了互联网络平台，人打个喷嚏，吐口唾沫，出个怪声，都可以在网上发表。人们在自媒体上发了东西不够，还想在大家公认的纸媒体上发表，导致涌向各文学杂志的稿子太多太多。虽说写稿子的人大量增加，而文学杂志并没有增加，各家杂志社连名家和熟人的稿子都发不完，哪里还顾得上那么多陌生作者的稿子呢！朱家运对文友们的话深有同感，但他并没有谈自己的投稿经历，他说：看来作者有作者的难，杂志社有杂志社的难。对杂志社来说投稿的人少了是个难，投稿的人多了也是个难。

这年的春节前，按照惯例，市作协召集市里的重点作者开了一个茶话会，是团拜的意思，也是总结全市一年来创作情况的意思。朱家运作为作协的主席团成员之一，作协副主席之一，也参加了团拜会。那部长篇小说出版之后，一两年过去了，朱家运再也没有发表过一篇作品，这让朱家运很有些不好意思，坐在会议室里，他心虚，眼虚，几乎想到了“滥竽充数”那个成语。以前，朱家运听到了一些风言风语，说他出书是花钱买的，当作协副主席也是用钱堆出来的，实际上并没有什么创作才能，买个用塑料花扎成的作家的花环头上戴，图个虚名而已。这些传言让朱家运心里很不是滋味，名到底是个什么东西呢？人说名是虚的，给他造成的压力怎么有些实呢！怎么压得他有些喘不过气呢！

王年主席也参加了团拜会，他看出了朱家运情绪不高，单独跟朱家运聊了几句，他说：写小小说，你一不要盯，二不要等，不能盯着写完了的小说，等发出来再写下一篇。写小小说要有一定的数量，要一篇接着一篇写。往外投小小说呢，要像农民往地里撒芝麻一样往外撒。你撒的芝麻多了，总有一些芝麻会发芽儿，会开花儿，会结籽儿。王主席以他自己为例，说他仅去年一年，就在全国各地的报刊发表了二十二篇小小说，月月都不落空。

朱家运承认，王老师太厉害了，简直就是当代的小小说大师。

大师不敢当，勤劳还做得到。

时间能销蚀生铁，也能消耗作家的名义。眼看朱家运作家的名义行将不保，情急之中，他起了一个大胆的主意，试试能不能跟王年老师借一篇小小说，以自己的名义发表。王老师发表了那么多小小说，多一篇少一篇应该无所谓吧。按照王老师把小小说比作芝麻的说法，他手里有那么多的芝麻，多一粒或少一粒，别人谁会注意呢！朱家运听文友说过，别看王老师发了那么多小小说，挣到的稿费并不多。稿费是按字数计酬，一篇小小说的稿费往高了说，也就是挣一千块钱左右。一年发表二十多篇小小说呢，合计下来不过两万多块钱的稿费。王老师家里的房子是贷款买的，月月都要还贷，手头紧得很。如果王老师能借给他一篇小小说，他愿意以通常稿费十倍的价格，付给王老师钱。他想到了，他一提向王老师借一篇小小说，王老师也许不同意，但等他说明向王老师付一万块钱报酬呢，王老师有可能会考虑考虑。

事情与朱家运预想的一样，当他打电话提出向王老师借一篇小小说时，王老师似乎想都没想，一口就回绝了。王老师说：世上有借钱借粮的，没听说过有借小说的。我的每一篇小说都好像是我的亲生孩子，我的孩子都姓王，一借给你等于将孩子送人，改成了姓朱，这算怎么回事！当朱家运说明借小说不是白借，借一篇付给王老师一万块钱报酬时，王老师的口气就不那么坚决了，说你这个小朱呀，你搞的这叫什么名堂嘛！是不是曲线扶贫的意思呀！

对不起，请王老师多多谅解！你让我当作家协会的副主席，我老是没有新的作品发表，感觉有些名不符实，心里虚得很。您帮学生要帮到底嘛！

这样的事情闻所未闻，要是传出去，岂不成了文坛的一个笑谈嘛！岂不成了别人写小说的素材嘛！

王老师您放心，只要您不说，就不会有任何外人知道。我是得便宜的人，我更会把秘密保守得死死的。

还有一个问题，不知你想过没有，就算我同意借给你一篇小说，但我不敢保证小说就一定能够发表。写小说难就难在它一直存在着不确定性，我对自己的创作也是有时自信，有时不那么自信。

老师，您谦虚了，您的创作实力和水平在那儿放着，我相信一定没问题。

朱家运说的是向王年借一篇小小说，实际上是买一篇小小说，进行的是一次交易。朱家运一手交钱，王年一手交货，交易很快成功。朱家运拿到稿子一看，王年老师已经把稿子的题目下面署上了他朱家运的名字。朱家运拿到稿子后，还没回到家，坐在自己的小轿车里，就把稿子看完了。朱家运不能不承认，王老师的确是写小小说的高手，作品的确写得高人一筹。小小说虽说不长，却一波三折，意味深长。

事实表明，王老师的担心不无道理，朱家运把稿子从北投到南，从东投到西，不知投了多少家杂志，竟没有一家杂志采用。好比朱家运花钱买了一个闺女，一个不错的闺女，他急于把闺女嫁出去，给闺女找一个婆家，然而，他试了一家又一家，闺女却迟迟嫁不出去。他曾给一家杂志社的编辑部打过电话，问编辑看到他的稿子没有，编辑说没看到。他说他是寄的快递，请编辑帮助查一下。编辑说，每天收到的稿子那么多，怎么查得过来。

一年过去，眼看又到了年底，市里的作家协会又该召开一年一度的茶话会了，朱家运为之救名的稿子仍未发出来。

由于和稿子的亲生关系，王年一直惦记着那篇稿子的命运。得知那篇稿子迟迟未能发出，王年对朱家运说：这样吧，你把稿子还给我吧，我自己投一下试试。

朱家运把稿子还给王年，王年把稿子换上自己的名字，投给一家杂志社，稿子很快就发了出来。

王年把一万块钱还给了朱家运。

原载《清明》2021 年第 1 期

一条被子

这个在北京郊外的园区，是“一加三”模式，文创园加花园、果园、菜园。在园区里，我遇见一位大姐。大姐是我的同乡，她的家乡话原汁原味，说得十分地道。我从老家出来逾半个世纪，许多家乡话业已忘记。听大姐一说，我又重新记起，觉得甚是亲切。

大姐的头发全白了，白得闪着银光。我问她考虑过染发吗？她说咦，我才不染哩！到秋天了，棉花该白就得白，不白还不中哩，还不算熟哩。我最看不惯村里一些老婆子染头发了，染染，嫌麻烦，不染了，头发有的白，有的灰，有的黄，跟长了一头老杂毛一样，难看死了。大姐回忆起，年轻的时候，她的头发好得很，两根粗头发辫子在后脊梁上耷拉着，比两辫子五十头的蒜辫子都长。十七岁那年，我去镇上的棉纺厂参加工作，厂里要求所有女工都得把头发辫子塞进工作帽里去，不然的话，机器一旦咬住你的头发辫子，就把你连皮带毛都吃掉了。工作帽小，我的头发辫子长，我把两条辫子盘成长虫盘，帽子里都塞不下。我一恼，好嘞，不留嘞！我找来剪子，咔哧咔哧，把两根辫子都剪掉了。从那以后，直到现在，我再也没留过长头发，都是剪发头。

难得的是，不管我起一个什么话头，大姐都能接上话，一说就是一大篇子，比我说的多得多。大姐有一句口头语：你说这，那我知道。她这也知道，那也知道，好像无所不知，无所不晓。大姐所谓的“那我知道”，绝不是一句虚妄的话，她是真知道，讲的事情不是亲历，就是亲见，亲闻，讲得真鼻子真眼。而且，她一开口就有故事，有细节，由不得你不张着耳朵眼子听，听了不能不信服。

有一回，我们说起过去农村人吸旱烟的事，大姐马上把话接过去，说那我知道，随即就对我讲了一个老汉因吸旱烟烧烂新棉袄的故事。那时候农村人吸不上纸烟，用水烟袋吸水烟的也很少，都是吸旱烟。在地里种点儿烟叶，等烟叶长得扑棱开，掰下来，用麻经子拴住，挂在墙上晒。把烟叶晒干，干得黄朗朗的，掐一片在手里揉碎，装进烟袋锅子里就可以吸。那样的烟叶也叫生烟，可有劲，村里那些大爷叔叔吸得过瘾着哩。吸旱烟的人都有一套东西随身带，烟袋嘴儿、烟袋杆儿、烟袋锅儿、烟布袋子、火镰子火石、火麻秆儿，外带熄灭火麻秆儿的小竹筒，哪样儿都不能少。有的吸旱烟的人很讲究，烟袋锅子是黄铜的，烟袋嘴儿是翠玉的，黑色的烟布袋子上还绣着一朵红红的牡丹花。有事没事把玉石烟袋嘴儿往嘴里一叼，故意把牙在玉石烟袋嘴上磕两下，那样子比神仙都自在。吸完了烟，把烟布袋子上的线绳往烟袋杆上一缠，将烟袋杆儿和小竹筒往腰后面的大带子里一别，悠达悠达回家去了。村里有一个二大爷，快过年了，二大娘给二大爷做了一件新棉袄，新表新里新棉花。二大爷可能是为了显摆他的新棉袄，到外面跟一帮蹲在墙根晒太阳的老头儿一块儿吸烟去了。过足烟瘾回家，越走觉得后背越热。他好得意，心说俺孩儿他娘就是心疼我，给我做的新棉袄穿上就是暖和。谁知道热得有些过头，后背的皮有点儿发烫。恰好四叔迎面走过来，二大爷对四叔说：我咋觉乎着后背有些热哩？棉袄都快成皮袄了。四叔到他后面一看，嘿，啥皮袄不皮袄，原来是二大爷的棉袄起了暗火，暗火不但把棉袄的新表子沤着了，把里面的新棉花也沤着了，正呼呼地冒烟。二大爷一想，坏了，一定是他插进竹筒里的麻秆火没熄灭，着上来，把他的新棉袄引着了。他急着解棉袄的扣子解不开，四叔帮他使劲一撕，才把扣子撕掉，把棉袄撕了下来。二大爷的脊梁上已被火烧得起了一层燎泡，过年都没过好。

我说真够悬的，棉袄再晚撕下来一会儿，造成皮肤深度烧伤，麻烦就大了。

大姐说：那。

大姐凡同意我的说法，就用一个字表达，这个字就是“那”。

后来村里年轻人跟二大爷开玩笑，说二大爷，我咋觉乎着后背有点热哩？二大爷说：屁孩子，热你娘那个脚！

我说现在好了，点烟都用打火机，再也不会出现那样的情况了。

大姐没有说那，说的是咦。那是肯定的意思，咦是质疑的意思。她说咦，不是哩，打火机有打火机的好处，也有打火机的坏处，用打火机打火，出的事还更大哩！

村里有一个人，外号叫老扁。有一个煤矿工人回家探亲，送给老扁一只打火机。老扁把打火机一按，啪地冒出一个小火苗子，可把老扁金贵坏了，见谁跟谁谝。有了打火机，不管是吸旱烟，还是吸洋烟，他不再划火柴了，都是用打火机点。他把打火机打出的火说成自来火，见有人吸烟他说，来，我给你点。人家说我自己来，伸手跟他要打火机，意思也想把自来火来一下。他才舍不得让人家动他的宝贝呢，打出火苗子，把烟给人家点上了。点烟时，他故意把火苗子往人家鼻头那里凑一下，说火旺，小心烧着你的鼻毛。后来打火机里面没油了，打不着火了，他也舍不得扔掉，还是成天价把打火机在口袋里装着。有一天下午，他跟闺女拉着一辆架子车，去镇上的供销社买化肥。他们拉着架子车往回走时，看见一个敞着的院子里在卖汽油，想起自己的打火机没油了，就拐进院子里，想买点儿汽油。打火机的油盒太小，一点儿汽油没法卖。老扁跟人家说了好话，人家拿油管子往汽油桶里蘸汽油，只滴了几滴子，就把打火机的油盒滴满了，满得油溢了出来。千不该，万不该，他想试试加了油的打火机能不能打着，还在汽油桶旁边，他就把打火机打了一下。这一打火，打火机着火了，汽油桶也着火了，嗵的一下子，汽油桶里像蹿出一条火长虫一样，蹿得老高。这一弄，算是没法弄了，老扁身上迸的都是汽油，都是火，着得轰轰叫。他赶紧躺在地上打滚儿，滚到这边，滚到那边，浑身的火怎么也滚不灭。他闺女一见爹身上着火了，赶紧冲上去帮着撕扯爹的棉袄。她想着把爹身上着火的棉袄扯掉，火就烧不到爹的身体了。我哩个孩子乖哎，她哪里会想到哩，爹身上的棉袄没扯掉，她身上也染上了火。不光她的花棉袄着了火，连她的长头发辫子都着了火。油站的两个人赶紧用铁锨往他们身上攉沙子，把一堆沙子都攉完了，沙子快把他们两个埋住了，火才算扑灭了。油站的人把他们送到镇上的医院里，老扁问医生：俺闺女哩？别问你闺女了，先管你自己吧。医生没告诉他，他闺女已经死了，死在了他前头。没过多大一会儿，老扁也死了。你看惨不惨，他稀罕打火机，打火机就要了他和闺女的命。

我说：是够惨的，太惨了，太可怜了！他要不是攥着没油的打火机舍不得扔，就不至于出这样惨重的事故。

大姐说：那。人该咋死是一就哩（我们老家的话，命中注定的意思），他该死在打火机上，阎王爷早就把打火机给他准备好了。

大姐您的意思是说，阎王爷也知道打火机？

阎王爷啥都知道，人的生死都归他管着，人走到哪一步，他管到哪一步。

阎王爷自己用打火机吗？

大姐肯定地说：那他不用。

为什么？

他又不吸烟，用打火机干什么！

您怎么判定阎王爷不吸烟呢？

大姐反问我：你啥时候见阎王爷吸过烟？

大姐把我问住了，我得承认，我确实没见过阎王爷吸烟。

大姐连阎王爷家的事都知道，可她的所知也有死角。比如她只知道她自己属马，却说不清自己是哪一年出生的。我帮她算了一下，她是出生在1942年，也就是当时人们所说的民国三十一年。

我问大姐：您知道1942年发生在咱们河南的大饥荒吗？

大姐眨眨眼，这次她没说“那我知道”，说的是“不知道”。

我把1942年发生在河南的大饥荒简单跟大姐介绍了

一下：1942 年，日本鬼子侵占了咱们的中原，大枪放得嗵嗵响。那一年，咱们那里还遭遇了旱灾和蝗灾，好几重灾难都落到了河南人头上，到处都是灾民。灾民吃了蝗虫吃草根，吃了草根吃树皮。到了冬天，没啥吃了，只能吃雪，嚼冰条子。天下大雪，人饿得肿了腿，身上没了热乎气儿。听说镇上有财主用大锅给灾民煮舍饭，他们挣扎着从床上爬起来，冒雪去镇上吃舍饭。有人走不成，只能在雪地里爬。他们爬着爬着，头一歪，就死在了雪地里。大雪下了一层又一层，很快就把他们埋住了。等过罢年化了雪，他们的尸体才露出来，路上不远一个，不远一个，大人孩子都有。从那年的冬天到第二年春天，仅咱们河南就饿死了一百五十多万人。

我说到这里，大姐把话接了过去，她说：你要说饿死人的事，那我知道。接着，大姐就给我讲了一个一条被子的故事。

那一年，我十八岁，在镇上的棉纺厂当工人。农村那么多闺女，想当工人可不容易。我又不识字，为啥能轮到我当工人哩？因为俺爹在镇上的公社当书记。亏得我去当了工人，不然的话，保不齐我也会被饿死。我们在工厂里为公家纺纱织布，公家供应给我们的有粮食。

我记得可清楚，每人每月是二十四斤粮食。一个月三十天，平均每天还不到一斤粮食，只合八两。粮食里没有小麦，都是杂粮。杂粮也是粮，一天八两粮食，在那时候不算少了。不管是一两玉米，还是一两谷子，一抓都是一把哩。工厂食堂里蒸的馍是二两一个，每天的八两饭票可以买四个馍。馍都是把发好的面在案板上搊成长条，用刀切成的卷子馍。卷子馍是用红薯片子面、玉米面和豌豆面三种面掺在一块儿蒸的。那馍吃着可真叫香，三种面的香味都能吃出来，红薯片子面是甜香，玉米面是清香，豌豆面是炒香，一咬能香到舌头上，还能香到牙根上。那时候吃个杂面馍，为啥就那样香哩，是因为人太饿了，成天价饿得肚子空着，嘴巴张着，吃啥啥香。哪像现在的人，肚子都被板油糊住了，嘴比凤凰的嘴都刁，连吃肉都嫌不香。

一天四个馍，我可舍不得一个人吃完。一天三顿饭，我每顿饭只吃一个馍，省下一个，留给家里人吃。家里还有俺爷、俺奶奶、俺娘和三个弟弟，六个人六张嘴呀，哪张嘴都得吃东西，长时间不吃东西都不能活。那年冬天，生产队里的粮食吃光了，村里的食堂都断了顿。队里每天只给每人发三两棉籽，让社员吃棉籽保活命。说到这里，大姐问我：你知道啥是棉籽吗？

我说知道，棉籽是棉花的种子，棉籽包在棉花里边，剥去棉花朵子，棉籽就会露出来。棉籽黑黑的，硬硬的，跟晒干的羊屎蛋子差不多。我不光见过棉籽，还吃过棉籽呢。把棉籽在碓窑子里砸碎，掺上一点面，可以擀成棉片子，还可以攥成棉丸子，下进汤锅里，吃着牙一梗一梗的，根本嚼不烂，用舌头扁扁就咽下去了。棉籽里有油，用棉籽榨出的油叫棉油。棉油黏糊糊的，是最难吃的油。

你别说棉油难吃，棉油也是油，棉籽的营养就在那一点油里。人吃棉籽，不是为了吃棉籽壳子，也不是为了吃壳子上没揪净的棉花毛，主要吃的就是壳子里的胚芽，和存在胚芽里的那一点油分。如果只把棉籽砸碎下进锅里，煮出来的汤还是清汤，不扯手。要在汤里下点面，清汤才能变成浑汤。家家都没有面怎么办呢？我把省下的一个馍拿回家后，俺娘就把馍掰碎，下进砸碎的棉籽的锅里，给一家人当饭吃。一个馍里二两面，有没有这二两面大不一样，它至少可以把清汤变成糊涂，涂涂一家人的肚子。

我们的村子叫韩桥，镇上的棉纱厂离韩桥不远，只有二三里路。我每天都是在下午下班后，才往家里送那个馍。那样一个杂面馍，要是放在现在，谁都不稀罕。说句不好听的话，要是扔给狗，狗都不会看一眼。那时候可不得了，把一个馍看得比金疙瘩、银疙瘩都宝贵，因为金银都不能吃，馍能吃。有一天，因为织布机出了点儿故障，我下班晚了，回家晚了，回家的时候，天都黑得麻登眼了。走到村子北边的那座小桥上，我看见桥头上站着一个人影，心里一紧，害怕起来。我听说人饿急眼了，夜里有了短路的，看见一个人走夜路，就从桥洞子里出来，打你的闷棍。我正要掉头往回走，听见有人喊我姐，原来是我的大弟弟在桥头等我。大弟弟说，娘老也不见我回家送馍，就派他来路上接我。大弟弟接到我后，让我把馍交给他，我不用回家了，直接回厂里休息就行了。我说那好吧，你赶快回家吧！大弟弟拿到馍，放到鼻子上闻了又闻，馋得有些受不住，就掰下一小块儿，放进了嘴里。吃第一口时，他对自己说，没事儿，我吃的是我自己那一份。他不懂，肚子惹不起，他吃下第一口后，就有些管不住自己，一下子，喉咙眼儿里好像伸出了好几只手，每只手都在嚷嚷：给我一口，给我一口！又好像，饿死鬼的鬼魂趁黑夜附在大弟弟身上了，大弟弟的嘴成了饿死鬼的嘴，他吃了一口又一口，还没走到家，就把整个馍都吃完了。回到家后，他跟娘说了瞎话，说没有接到我。没等到馍，那天晚上，家里其他人只能喝棉籽清水汤。第二天下班后，我一回到家，大弟弟独吞一个馍的事就露馅了。俺娘恼上心来，抓过一只笤帚疙瘩就往我大弟弟身上打，要他把独吞的馍吐出来。大弟弟哭得嗷嗷叫，眼泪淌了不少，一个馍渣儿都没吐出来。

我说大姐，咱俩说两岔子去了，我说的是 1942 年的事儿，您说的是 1960 年的事儿。

你说的不是饿死人的事儿吗？我说的也是饿死人的事儿，咱俩说的是一回事儿。俺娘家那村韩桥，村子不算大，才一百多口儿人，那一年就饿死了十三口儿。你别着急，听我慢慢说吔。有一家三口儿，爹饿死了，娘饿死了，儿子也饿死了，全家人都饿死了，连个根儿都没留。他家的儿子叫毛，按辈数我叫他毛叔。毛叔本来可以不饿死，可以留下一条命，他一个想法儿想错了，一件事儿办错了，结果命没保住。他在家里两天都没吃一口东西了，听说镇上能喝到救济稀饭，就拿着一只蓝边子白瓦碗，想到镇上领碗稀饭喝。谁都想活命，去领救济稀饭的人太多了，把一个熬稀饭的地方围得里三层外三层。人挤得连放碗的地方都没有，好多人怕把碗挤烂，都是把碗举在头顶，举得白花花一片。毛叔没能挤到熬稀饭的大锅跟前，半锅用红薯片子面和干红薯叶子熬成的稀饭就被别人抢完了。毛叔在等着分救济饭时，还提着劲，还能头朝上站着。一听人说救济饭没有了，他一泄气，就一头晕倒在硬地上。我们厂里有一个干部，从那里路过，看见了毛叔。他到厂里对我说，你们村里有一个人，想吃救济饭没吃成，饿得晕倒在大街上了，人快不中了，你去看看吧！去看不去看哩？我有点犹豫。去看吧，净是自己给自己找麻烦。不去看吧，也不合适，怕村里人知道了说我不讲人情。我想了想，还是去看看吧。既然人是被饿晕倒的，我去看他，就得给他带点儿吃的。我没别的可带，只有我留给家里人的一个馍。我没舍得把整个馍都带过去，只掰了一半，放进口袋里，带了过去。我过去一看，头一眼没认出倒在地上的人是谁。倒在地上的人不是仰着脸，是侧着身子在地上趴着。他的一只手往前伸着，手里还捏着摔破的碗片子。我蹲下身子，把他的脸仔细看了看，才认出是我们家的邻居毛叔。一段时间不见，毛叔已经瘦得脱了相，变了形。

他的颧骨突出来了，一层薄皮贴在颧骨上。他的两只眼睛塌成了坑，眼珠子好像不再是圆的，变成了扁的。菜靠水顶着，人靠饭顶着。人没了饭吃，变化可真快。我喊他毛叔，毛叔，问他知道我是谁吗，我对毛叔说了我的名字。我看见毛叔的眼皮动了动，像是要把眼睛睁开，却没有睁开。他连睁眼的力气都没有了。前两年，毛叔的身体还壮壮实实，力气还大得很。上高高的桑树上摘桑椹子，别人都是双胳膊抱树，肚皮贴着树干往上爬。他是两手把树，双脚蹬树，噌噌噌就爬了上去。下河扎猛子，几十米宽的河水，他一猛子能从河这沿儿扎到河那沿儿。我拿手在他鼻子前试了试，他的鼻子倒是在冒气，只是冒出的气很细，比我们纺出来的纱线都细。他出的气不光细，还是凉的，手上感觉不到啥热乎气。我赶紧把馍拿出来，掰下豌豆大那么一点儿，往他嘴里放。我不敢掰多，我怕噎住他。我听说过，人饿得时间长了，喉咙眼子会变细，吃馍吃得口大了，会把人噎死。他的嘴唇大概能感觉出来放在他嘴边的东西是吃的，就张开嘴，把馍嚼嚼咽了下去。你不知道事情有多神，我刚给他喂下第三口“豌豆”，他的眼睛就睁开了。他的眼睛刚睁开时，眼珠子还有点儿浑，亮光还没走到眼珠子上。

他把眼皮眨了两下，像是把眼珠子擦了擦，眼珠子上才有了亮光。他大概认出了喂他馍的是我，眼角变得有些湿。见他的眼发湿，我的眼也差点湿了。我对他说：毛叔，你啥话都不要说，省一句话也能省一口力气。他把半个馍吃下去后，手按着地，慢慢坐了起来。他吧唧着嘴，眼巴巴地看着我，意思还想吃馍。我拍拍手说：没有了，吃完了。我看他不太相信，就把口袋翻个底朝天给他看，你看，连一点儿馍渣子都没有了。毛叔，你要是能站起来，就回家去吧。他摇摇头，表示不愿意回家。他不想回家怎么办呢？我可不敢领他到厂里去，要是他去厂里，我留下的那半块馍也会被他吃掉。那半块馍要是被他吃掉，俺家里那六口人拿什么煮棉籽汤呢！他吃了半块馍不算完，说不定等厂里的食堂开饭的时候，他还不走，把我那份口粮也吃掉。那可使不得，万万使不得。有那份口粮吃着，我才有力气干活，才能继续当纺织工人。如果有两顿饭不吃，我就跑不动了，就追不上机器的脚步了，厂里就可能开除我。要是被厂里开除，丢人现眼不说，我还有可能会饿死，家里人也活不好，那问题就严重了。

我想起来听别人说过，如果遇到饿昏在路上的人，可以把他送到公社的卫生院里去，由卫生院的医生负责把人救过来，并安排他暂时住在卫生院里，每天都有一点儿饭吃。我抱着试一试的想法，把毛叔从地上拉起来，扶着他到公社卫生院去了。我对卫生院的院长说：这是咱们公社的社员，他的家庭成分是贫农，刚才饿得晕倒在路上了，你们收下他吧，帮他治治吧！院长把毛叔看了看，说毛叔的情况不是很严重，不符合住院标准。我一听有点急，对院长说：人都快饿死了，还不符合住院的标准，那怎样才能符合标准呢？院长说：别人都是抬着或是用架子车拉来的，这个社员还能走路，说明他问题不大。眼看跟院长说不通，我只能撂俺爹的牌子，我说：我姓韩，在棉纺厂里当工人，俺爹在公社党委工作。院长看看我，问俺爹叫什么名字。我没对他说俺爹的名字，只是壮着胆儿说：俺爹的名字还用说吗，你打听打听，公社党委姓韩的书记能有几个呢！院长听我的口气不小，不像是冒充公社书记的闺女，就把毛叔收下了，说检查一下再说吧！看着院方把毛叔安排到一个病房里，我才放心地离开卫生院，回到厂里去了。

我称赞大姐救了一条人命，功德不小。

大姐说咦，啥功德吔，还没完哩！毛叔在病房里住下了，啥都不用干，卫生院一天管他们两顿饭，晌午一顿，晚上一顿。每顿饭里包括一个馍，还有一碗稀饭。这些我都是后来才听说的。在病房里，毛叔一个人睡一张病床。床上铺的有床垫子，垫子里是用帆布包的干稻草，毛叔睡上去怪厚敦，怪软和。毛叔盖的被子是白色的，表子是白色的，里子是白色的，里边套的被套可能也是白色的。被子很干净，一闻还有一股子卫生院的卫生味儿。睡上这样的好床，盖上这样的好被子，可把毛叔稀罕坏了。从小到大，他哪里睡过这样的软乎床哩，哪里盖过这样干净又暖和的被子哩！他们家原来是有两条被子的，一条是他的爹娘盖，一条归他盖。爹饿死后，爹娘共用的那条被子盖到了爹一个人身上，被他爹带到阴间去了。他冬春盖的那条被子破旧一些，上面的补丁补了一块又一块，还是补不住被子的破洞，他睡觉时一伸腿，一不小心，一只脚就插进破洞里去了。被子里边的套子早就变黑了不说，还烂得东一块，西一块，跟包了一包死猪娃子一样。他睡觉时一盖被子，那些发僵发硬的“死猪娃子”就掉到他腿裆里去了。娘有时把他的被子拿到太阳底下搭在麻绳上晒，看去不像一条被子，更像是一条装了石头瓦块的褡裢。就是这样一条破烂得不能再破烂的被子，在毛叔的娘饿死的时候，又被他娘盖走了。按老家的说法，野外天寒地冻，地久天长，在阴间远行的人至少要带一条被子，谁不盖被子都受不了。家里连一条被子都没有了，到了下雪天，毛叔只能钻到生产队牲口屋的草堆里去睡。盖上公社卫生院的被子后，毛叔才算真正尝到了盖被子的滋味，他心说，能盖上这样的被子，这一辈子死了就不亏了。人见财会起意，一条被子并不是什么财，可千不该，万不该，毛叔竟然起了意。他在卫生院本来可以住十天，住到第三天夜里，他就抱上卫生院的那条被子回家去了。毛叔的用意是明显的，要把卫生院的被子据为己有，盖一辈子。

就在毛叔偷跑回家的第二天一大早，公社卫生院的院长和公社的治安员到厂里找我去了。院长对我说，我送到卫生院的那个人，偷走了卫生院的被子，半夜里跑掉了。院长让我跟他们一起，去把那个盗窃卫生院物品的人抓回来。院长的话让我吃惊不小，毛叔过河拆桥，怎么能干这样的事哩？我说我不信，那人老实得很，不会干那样的事。院长说，那人是不是老实，是不是小偷儿，等起到赃物就知道了。我说我不去，要去你们去！过一会儿我就该上班了。说着看了一眼治安员。那个治安员我认识，他也姓韩，在公社大院碰见他时，我都是叫他韩叔。韩叔一出来办治安就挎着一把带木盒子的盒子枪，平日严肃得很，让人一见就畏惧三分。别人都怕他，我不怕他，我知道他跟俺爹的关系很好。他原来是下面大队的一个民兵营长，是俺爹把他提拔到公社当上了治安员。我一看韩叔，韩叔就明白了我的意思，他对院长说：不能耽误有工作的人上班，咱们两个去吧。犯事儿的人有名有姓有地址，谅他也逃不出如来佛的手心儿！

院长和治安员赶到韩桥毛叔家时，毛叔还躺在床上睡觉，身上盖的正是那条被子。人赃俱获，毛叔还有啥说的哩，没啥说的。看见治安员挎着枪，他吓得有些筛糠，说我有罪，我该死，你们不会枪毙我吧？治安员没有掏枪，只是把枪的木头盒子从身体后面扒拉到了前面，命令筛糠的人说：起来，穿上衣服，把被子顶在头上，跟我们走！公社卫生院收留了你，你不知好歹，竟然偷卫生院的被子，净是给人民公社抹黑！

这一弄，毛叔丢人算是丢大了，丢到家了。老家的说法是，屈死不告状，饿死不做贼。饿死和做贼比起来，饿死事小，宁可饿死，也不能做贼。毛叔还没饿死哩，先做起了贼，这就变成了道德问题，一个人的名誉就毁掉了，在村里就抬不起头了，做不起人了。他爹他娘都是饿死的，饿死就饿死了，死得干净，刚板，村里人对他的爹娘说不出什么。毛叔就不行了，一时间，毛叔偷卫生院被子的事传得盆里碗里都是，全村的大人小孩儿都知道了。有人嘴里呸了又呸，说这个小毛儿，一个老鼠坏了一锅汤，把整个韩桥的人都丢完了。

公社的韩治安员没有拘留他，只是让他头顶着白被子在街上走了一趟，等于游了一回街。游完了街，治安员说了一声滚蛋吧，就把他放了。

有人看见他低着头往村里走，指着他说：你怎么还有脸回来，路边有坑有井，哪里死不了一个贼！

这时，有一只布谷鸟飞进了园区，在园区的上空飞来飞去，一边飞翔一边鸣叫。布谷鸟不是落在树上叫，而是在飞行中鸣叫。它的鸣叫对人们收割小麦有催促之意，在催促别人时，它自己先动起来，忙起来，大概有以身作则的意思。大姐一听见布谷鸟叫，就停止了讲故事，好像要听布谷鸟讲故事。她不把布谷鸟叫布谷鸟，按老家的叫法，把这种鸟叫麦秸垛垛。因它叫出来的四个音节的内容像是麦秸垛垛，东一声麦秸垛垛，西一声麦秸垛垛，农人就把它叫成了麦秸垛垛。大姐说：我就喜欢听麦秸垛垛叫唤，它一叫，我就知道该收麦了，心里可得劲！大姐说着，仰脸往天上找，想看看麦秸垛垛在哪里。大姐没看到麦秸垛垛，因为我们闲聊的时候，是坐在一个凉亭里，亭子的四角顶棚把天空遮住了。时值初夏，凉亭里八面来风。凉亭里的风并不凉，有暖暖的贴肤贴心的气息。亭子南面不远处，一大片草本的鲜花正在开放，那些花儿有大红，有粉红，有绛紫，还有明黄，不同的花色组成了一把琵琶的图案，摇曳起来仿佛弹奏琵琶的琴弦。果园里的麦黄杏已经成熟，南风一吹，熟透的杏子自行脱落，落在树下绿茵茵的草地上。杏子对自己的成熟似有些猝不及防，每一枚杏子都惊讶得把自己的杏眼瞪得圆圆的。而草地不愿把杏子埋没，无私地以它们的草绿推荐着杏子的金黄。桃子还毛着，梨子和李子还青着，它们主动把成熟期排在了杏子的后面。菜园里竹架上的黄瓜、丝瓜、苦瓜、倭瓜都在结瓜。它们一律开的是黄花，结的是绿瓜，只是瓜的形状和大小不同。菜园种的还有茄子、辣椒、豆角、西红柿、韭菜、紫苏、薄荷、荆芥等，可以说应有尽有。一位从农村来的师傅，戴着老式的麦秸制成的草帽，顶着阳光，在菜园里锄草。这座文创园是大姐的儿子开办的，儿子把她从老家接出来，让她在这里安度晚年。她什么都不用干，只在园子里观风景就行了。大姐说：老家的人打电话对我说，咱们那里的麦子已经收完了，今年的收成又不错，每亩地收的麦子都合千把斤。生产队那会儿，人累得要死要活，每亩地才打一百多斤，现在一亩地的产量是过去的七八十来倍。老家的人现在每天吃的都是一块玉似的白面馍，放开肚皮搁劲儿吃吧，再也不会饿死人了。

我还惦记着大姐给我讲的故事。长期写作，我习惯把故事写得有头有尾，只有开头，没有结尾，故事就收不住，就不能算是一个完整的故事。大姐以她的亲身经历，给我讲的故事是不错，有它的历史意义和认识价值在，但我觉得大姐并没有把故事讲完，后边好像应该还有点儿什么。我问大姐：您讲的那个毛叔，他后来怎样了？

还能怎样哩，饿死了呗。他从卫生院回去两三天，连饿带冻，就死了。临死前，他捧着队里分给他的棉籽，找到他婶子，想把他分到的棉籽跟婶子家分到的棉籽一块儿做着吃。他婶子不但不要他的棉籽，还揭他的短，挖苦他，让他把棉籽送到卫生院里去，卫生院的领导一高兴，说不定会送他一条被子。毛叔死后，他婶子找人帮着埋他时，把他身上穿的一件破棉袄脱了下来，说反正人死了，棉袄穿不着了。那时候死了人没有棺材可用，都是软埋。为了土不打脸，一般都用秫秸箔把尸体卷一下。他家的两领秫秸箔，被他爹和他娘用上了，轮到他时，家里连一领秫秸箔都没有。他婶子在他家里瞅了瞅，瞅见他家还有一副用秫秸箔做成的箔篱子。箔篱子是隔开外间屋和里间屋用的，因用的时间长了，箔篱子被小虫子打得满是虫眼，一动就哗哗往下掉虫沙。婶子说，把箔篱子拆下来，就用它卷小毛儿吧。按箔篱子的宽度，可以把毛叔的尸体卷上两层到两层半，只卷到一层的时候，毛叔的婶子说停，只卷一层就中了。她找来一把剪子，把多余的部分剪了下来。她说，卷多少层埋到地底下也是沤坏，用不完的秫秸留着烧锅也是好的。你看看，得了不得了，那时候的人穷成啥了，小气成啥了，人都死了，多几根秫秸棒子都舍不得给。

原载《作家》2021 年第 2 期

蛙牛大了

蛤蟆是一种统称，在这种称谓下面，蛤蟆分好多种。以前，这个地方的蛤蟆至少有四种：癞头包子、青蛙、土蛤蟆和气蛤蟆。这四种蛤蟆当中，只有青蛙的肉能吃，癞头包子、土蛤蟆和气蛤蟆的肉都不能吃。癞头包子的大名叫蟾蜍，它的皮黄了吧唧，身上布满粗糙的疙瘩。它的头顶两侧，各鼓着一个像人的储精囊一样的硬硬的东西，叫耳后腺，耳后腺里面储存的不是精子，而是一些毒汁子。当蟾蜍受到威胁，或受到打击时，作为防卫武器，它的毒汁子就从耳后腺里冒出来。毒汁子一珠儿一珠儿，是浓浓的白色，很像是处在哺乳期的女人的奶头冒出的乳汁。有一种用来以毒攻毒的中药叫蟾酥，就是从蟾蜍身上分泌的毒汁子里提炼出来的。蟾蜍也叫癞头蛤蟆，在水塘边和庄稼地里随处可见。癞头蛤蟆在地上蹦得，在水里潜得，被称为两栖动物。有人在棒子地里掰棒子，觉得脚下一梗，原来踩到了一只癞头蛤蟆，他飞起一脚，就把癞头蛤蟆踢远了。有的小孩子，把癞头蛤蟆当玩具，捉住癞头蛤蟆的一条后腿，说是教癞头蛤蟆打车轱辘，一下子就把四条腿的家伙抛到天上去了。蛤蟆支叉着四条腿，在天上旋转了几个圈子，不知落到哪里去了。有妇女在地里割豆子，发现豆叶下面趴着一只癞头蛤蟆，她用镰刀把蛤蟆扒了扒，见蛤蟆长得肥肥大大，想起她儿子天天馋肉，就掐一根草茎，拴住蛤蟆的一条后腿，把蛤蟆提溜回家，在灶膛里烧烧给儿子吃了。一只蛤蟆没解馋，儿子嚷着还要吃。于是，儿子的娘连着给儿子逮蛤蟆烧着吃。儿子连着吃了几只癞头蛤蟆后，小脸成了大脸，明显胖了起来。再一看，坏了，不是胖了，是肿了，脸肿得像鼓起肚子的气蛤蟆一样，合了缝的眼泡子掰都掰不开，连眼珠子都看不见了。过了没几天，娘的儿子就死了。这表明，身上带毒的癞头蛤蟆是吃不得的，吃多了是要人命的。

土蛤蟆和气蛤蟆不能吃，倒不是因为它们身上也带毒，它们身上并没有毒腺。只是因为它们的个头都太小了，身上没什么肉，不值得一吃。特别是气蛤蟆，别看它一遇到危险就虚张声势，把肚子鼓胀得圆溜溜的，像一只圆球，一旦把气消下去，剩下的不过是一副皮囊而已。

能吃的只有青蛙。青蛙不仅长得好看，身上的肉也多一些。有一个村庄叫文福洼，村庄周围的水塘里长了很多苇子，苇子棵里每年都野生野长有很多青蛙。苇子长得很深，从水里长到岸上，给这个村庄构成了绿色的屏障。那么生活在苇子丛中的青蛙呢，它们以集体的蛙鸣，像是为村庄构成了声音屏障。特别是到了春天的夜晚，青蛙们以月亮为幕，以星光作灯，以苇塘作舞台，彻夜在进行合唱，歌声几里远都听得见。青蛙们似乎都很爱美，穿什么花色衣裙的都有，有的是绿中带白，有的是紫中带红，有的是条纹状，有的是斑点状，还有的像是迷彩。青蛙们也很风流，不管它们穿什么样的衣裙，所袒露的胸脯和肚皮都是白色的。小孩子们把铁条的一端砸扁，做成带倒刺的锥子，把锥子绑在竹竿上，以苇子为掩护，去水塘边扎青蛙。每扎到一只青蛙，他们就用生麻匹子把青蛙绑起来。绑够一串时，就把青蛙提溜回家去了。他们扒掉青蛙的皮，去掉青蛙的内囊，只留下青蛙的两条白腿和脊背，就放在铁锅里炒起来。没什么作料可放，可能连油都没有，只能撒一点儿咸盐。好在青蛙肉质细嫩，见锅就熟。拿锅铲把青蛙肉三翻两炒，蛙肉的香味就扑鼻而来。有人把蛙肉与鸡肉作类比，把青蛙说成是田鸡。可在小孩子们尝来，蛙肉比鸡肉好吃多了。小孩子们的牙齿都很好，他们在吃青蛙肉时，连青蛙的骨头都嚼碎吃进肚子里。他们这样吃青蛙肉，很像是老虎吃鸡。

青蛙肉都是小孩子们吃，大人却不吃。大人们闻到炒青蛙肉的香味，也想尝一尝，但他们忍住了。吃肉要吃正经肉，他们大概觉得青蛙肉不是什么正经肉，吃了显得不大正经，就不吃。也许他们认为，大人要有大人的样子，如果像小孩子一样吃起青蛙肉来，会有失作为大人的体统，所以就拒绝吃。

然而后来形势一变，文福洼村的人就看不到青蛙，也听不到蛙鸣了。小孩子们不但再也不能炒青蛙肉吃，连青蛙的屁都闻不到了。怎么了？出什么事了？也没出什么大事，只是邻村有人在河边办起了造纸厂，开始用麦秸造纸。造纸要使用化学制剂糟化麦秸，要排出许多废水。造纸的人直接把废水排到河里去了，使原本清凌凌的河水很快变得黑浆浆的，像盛了满河的酱油一样。河水与文福洼村水塘里的水是通连的，河里的水一黑，文福洼周围水塘里的水很快也黑了。须知黑水是有毒的，而且毒性还不小，毒水一来，水塘里的鱼没有了，虾没有了，鳖没有了，蟹没有了，任何活物统统都没有了。当然，青蛙也被毒死光了。并看不见青蛙的尸体，毒水的消化能力很强，青蛙的尸体很可能被毒水溶解了，也变成了毒水的一部分。别说水里生的动物了，连水里和岸上生长的那些植物，包括芦苇在内，也被毒死得干干净净，村子周围一下子变得光秃秃的。

不要发愁，任何事情都是否极泰来，自有转机。忽一日，村里传出消息，有人要在村里养蛙，所养之蛙，不是本地原来的那种青蛙，是从最发达的国家引进的蛙种，名字叫美国牛蛙。什么什么？别开玩笑了，牛是牛，蛙是蛙，牛那么大，蛙那么小，牛和蛙怎么连到一起了呢！有一个说法，叫风马牛不相及。风蛙牛恐怕更不相及吧。别着急嘛，别急着否认嘛，反正文福洼的村民文明灿已经开始饲养牛蛙了。牛蛙到底长什么样，牛蛙到底有多牛，去现场看看就知道了。

文明灿养牛蛙，当然不会到村边充满毒性的水塘里去养，他到村外的庄稼地里一块独立的水池去养。那个水池的面积有一亩三分，原是他家承包的三块责任田之一。他把这块地里的熟土卖给了窑场烧成了砖瓦，整块地被挖成了两米多的深坑。夏天一下雨，深坑里积满了水，就变成了水池，再也不能种庄稼了。本来上面有规定，不许挖可耕地里的黏土烧制砖瓦。可因为文明灿有背景，他的背景还比较大，村里人谁都不敢管他。他的背景是谁呢？是他的亲爹。他的亲爹是谁呢？是当今县里的副县长。他们家原来是地主成分，他爹原来只是一个教书匠。地主成分被摘帽之后，上过大学的他爹当上了副县长，就抖起来了。他爹一抖，他也跟着抖了起来。爹抖的是当官，他抖什么呢？他想发财。当官和发财，历来都是联系在一起的，哪个当官的不想同时发财呢！就算他爹不能亲自和直接发财，他利用爹的影响，间接发一点儿财总可以吧？他暗暗地有一个想法，要把曾经失去的地主的地位重新夺回来。就算当不了地主，当一个财主总可以吧？可是呢，他把那块地里可以生长庄稼的土壤卖给了砖瓦场，虽然挣到了一笔钱，钱却是有限的，离财主的标准还差得很远。钱是硬的，也是软的，只要想挣钱，门路总会有。文明灿听说，邻乡有一个人办起了养牛场，养肉牛发了财，成了远近有名的农民企业家。前面有车，后面有辙，他也想养牛。他去找那位牛老板学习养牛经验时，打了他爹的旗号，对牛老板说了他爹的名字。牛老板劝他不要养牛了，因为养牛的太多，竞争太厉害了。他问牛老板他应该养什么。看在他爹的面子上，牛老板给他出了一个主意，建议他养牛蛙。

牛蛙？什么是牛蛙？文明灿的心思还在牛上，他差点儿把牛蛙听成了牛娃。

牛老板微笑，说：怎么，你连牛蛙都没听说过吗？

文明灿摇头。

青蛙你总该知道吧？

文明灿说，青蛙他当然知道，小时候，他还扎过青蛙、吃过青蛙呢！

牛老板这才对他解释说：牛蛙是蛙的一种，从产肉量来说，牛蛙要比青蛙大得多，一只牛蛙是一只青蛙的七八倍吧。青蛙是本地产的，牛蛙来自美国，把牛蛙说成洋蛙也可以。更重要的是，青蛙不当菜，根本上不了桌。而牛蛙可是一道高档菜，在饭店里请比较重要的客人吃饭，香辣牛蛙必不可少。我敢说，你家的县长大人一定吃过不少牛蛙。现在中国人有钱了，饮食结构发生了改变，大家开始注重营养，也愿意改变一下口味，都想尝尝牛蛙是什么味道。我敢给你打包票，你要是养了牛蛙，很快就会发财。牛老板还对文明灿说，养牛蛙本来是他的一个商业秘密，他本来打算自己养牛蛙，连建养牛蛙池的地址都选好了。如今文明灿来找他，他见文明灿这个老弟人还不错，就把商业秘密转送给了文明灿。

文明灿心里明白，牛老板看的不是他的面子，而是他爹的面子。说不定，牛老板还要通过他，跟他爹取得联系。发了财的人都是这样，下一步就该想着当官了。他还是一再对牛老板表示感谢。

牛老板说：我养牛，你养牛蛙，咱们养的东西都带一个“牛”字，跟亲家差不多。你看这样如何，今后你想吃牛肉就找我，我想吃牛蛙就找你，咱们互通有无。

我还没见过牛蛙长什么样呢！

不见不知道，一见保证吓你一跳。你见过美国人吗？

没见过。

道理是一样的。

文明灿的眼皮眨了又眨，他不明白道理怎么是一样的。这个牛老板，人一发财，好像见识也多了起来，说话也牛气起来。他问牛老板：那我到哪里去学习养殖牛蛙呢？咱们县里有人养牛蛙吗？

我正要告诉你，在县城的郊区马阳坡就有一个养殖牛蛙的专业户，老板姓马，是我的朋友，你去找他就可以了。你就说是我让你去找他的，他保证热情接待你。在他的养殖场里，你不但可以学到养牛蛙的技术，还可以从他那里批发牛蛙的种苗。

听说文明灿在西南地里养起了牛蛙，文福洼村的男女老少都去看。平日只有村里有人家娶新媳妇才会吸引那么多人。在村里人看来，开天辟地头一遭，文明灿养的牛蛙恐怕比新媳妇还要好看。新媳妇再新，也是本地的媳妇，而文明灿引进来的牛蛙，应该是“洋媳妇”。谁家娶的媳妇都是两条腿，而文明灿养的“媳妇”呢，却是四条腿。都去看哪，都去看稀罕哪，看热闹哇，再不去看就被别人看完了。

文明灿颇为得意。前段时间，有人看他的笑话，说他把好好的庄稼地挖成了水坑，再也种不成庄稼了。想不到吧，看我的！虽说种不成土庄稼了，本人种上了“洋庄稼”；虽说种不成带秆的庄稼了，本人种上了“肉庄稼”。文明灿对他的“肉庄稼”极为重视，看护得很严密。他在牛蛙池的旁边搭了一个小棚子，日夜都守在那里。听说牛蛙喜欢自由，愿意乱跑乱跳，为了防止牛蛙逃跑，文明灿在养牛蛙的水池周围扎上了铁丝网。听说牛蛙怕晒，阳光不能直接照到牛蛙身上，文明灿在铁丝网上方用苇席搭了遮阳棚，牛蛙们可以在棚子下面乘凉。另外，文明灿还在铁丝网外面种了丝瓜，丝瓜是善于攀爬的藤蔓植物，它不仅爬满了铁丝网，还爬到了席棚上面，绿色的藤蔓和叶片把整个养殖池都笼罩起来。时值夏天，丝瓜开了花儿。金灿灿的丝瓜花每天都会开一茬，远远看去，养牛蛙的棚子像是一座金屋。文明灿为牛蛙投食定时定量。人一天吃三顿饭，他给牛蛙也是一天投三次食。人吃的饭分早饭、午饭和晚饭，他给牛蛙的待遇跟人一样，甚至比给人的待遇还高一些，说成是早餐、午餐和晚餐。文明灿买了一对铜镲，每当召唤牛蛙们就餐时，他就咣地把铜镲拍打一阵。牛蛙们一听到镲声响起来，就从水池里的深水区游到浅水区，再从浅水区来到就餐的平台，开始集体进餐。

镲声是对牛蛙们的召唤，同时也给了村里的人们一个信号，镲声一响，村民们就知道文明灿又要喂他的牛蛙了，想看牛蛙最好这个时候去。在以前，外乡的人到村里耍猴，在耍猴开始之前，耍猴的人会把铜锣嘡嘡敲上一阵。文明灿拍打铜镲，其召唤力和影响力与耍猴人敲铜锣的效果差不多，只是呢，文明灿要的不是猴子，是外国来的牛蛙。说他要的是人也可以，听到铜镲声，村里的一些大人和孩子，一路小跑着到牛蛙养殖场来了。养殖场的棚子，向北一面是敞开的，但棚口一侧挂有一块铁牌，铁片上写有“养殖重地，闲人免进”的字样，只有养殖场的主人文明灿可以进，别人一律不许入内。看牛蛙的人只能站在棚子外面，用双手扒开丝瓜的叶子和花子，透过铁丝的网眼观看牛蛙。围观的人们看见了，文明灿投放给牛蛙的食品是合成的饲料，不知饲料里都是什么成分。据说那些饲料的营养价值很高，很快就可以把牛蛙催肥。有时候，文明灿喂给牛蛙的还有一些切碎的动物内脏，比如牛肺、狗肺、猪肝什么的。而不管文明灿给牛蛙们喂什么，牛蛙们都吃得慢慢的，一点儿都不争不抢，显得颇有教养和传说中的绅士风度。用完了餐，牛蛙们并没有马上退场，没有到水塘里去，继续在没有水的平台上待着。它们大概知道人们在棚子外面观看它们，就留给人们一些观看它们的机会。有的牛蛙似乎为了使自己的形象更完美一些，就以爪子代手，擦拭自己的嘴巴。用“左手”擦右边的嘴巴，用“右手”

擦左边的嘴巴。它们在擦嘴巴的同时，等于把脸也洗了，脸上显得光光的。

实在说来，牛蛙除了身量比本地的青蛙大一些，形象上并没有什么出彩的地方。牛蛙身上的主要色调是绿色，头部是浅绿，背部是深绿，腿部是暗绿。除了绿色，牛蛙还有些发灰，发黑，说它们是杂色的也可以。牛蛙背部和肚子两侧，分布着一些鬼色的斑点，很容易让人联想起本地的癞头包子。村民有些怀疑，是不是癞头包子到国外留了一圈洋，回来摇身一变，就变成了牛气哄哄的牛蛙呢!

关于为什么把蛙叫成牛蛙这个问题，文明灿已不止一次对没有见识的村民进行了解释：之所以把蛙叫成牛蛙，并不是指蛙会长得跟牛一样大，而是从声音上加以比较，指牛蛙的叫声跟牛叫的声音比较接近，所以才叫牛蛙。听了文明灿的解释，村民们有些将信将疑。牛的嘴大，喉咙粗，肺活量足，而牛蛙在这几个方面都与牛不能同日而语，它的叫声怎么能和牛的叫声相提并论呢!牛叫起来哞哞的，叫声能传出几里远。牛蛙就算鼓破肚皮，叫声也传不出去多远吧。解释为虚，耳听为实，前来观看牛蛙的人都想亲耳听一听，牛蛙的叫声到底是怎样的。有一个小男孩儿对牛蛙提出了要求：牛蛙，叫一个！

牛蛙们对小男孩儿的要求没有任何回应。

有一个小女孩儿也对牛蛙提出了要求，她的要求跟小男孩儿是一样的，等于对小男孩儿的要求做出了呼应，也是要求：牛蛙，叫一个，叫一个让我们听听呗。

牛蛙们还是不理人，听见了跟没听见一样。

牛蛙们肯定是长有耳朵的，肯定是有听力的，不然的话，文明灿一打镲，它们怎么知道集合在平台上吃食呢！于是，前来围观的大人和孩子们，从不同角度，一致向牛蛙们发出了要求：牛蛙，来一个！牛蛙，来一个！他们这种喊法，像是在人民公社化时期开社员大会之前互相拉歌，如果想让谁唱歌，就一起大声喊：谁谁谁，来一个！

集体的意志不可违，这一下，牛蛙们总该有所回应吧，总该"来一个"了吧！就算牛蛙们不能集体性地鸣叫，有一只牛蛙叫一下也好呀，对村民们的要求也算是有个交代呀！

然而，牛蛙们的表现是集体性的傲慢，它们瞪着圆滚滚的眼珠子，连一只叫唤的都没有。有一只牛蛙大约有些不耐烦，把带有金眼圈的眼皮塌蒙下来，塌蒙的眼睛半睁半闭，仿佛在说：你们算老几，你们凭什么对我们提出要求！我们美妙的歌喉，难道是你们这些土包子所能欣赏的吗！

这时，文明灿从他所待的小棚子走了出来，他站在牛蛙的立场，辩护性地为牛蛙打圆场：你们不要再喊了，喊的声音再大也没用。你们知道不知道，牛蛙只听得懂外国话，听不懂中国话，你们喊的都是中国话，外国来的牛蛙怎么可能会答理你们呢！文明灿又说：人分男女，牛分公母，牛蛙也分雄雌。雄牛蛙会叫，雌牛蛙不会叫。雄牛蛙在春天谈恋爱、找老婆的时候才叫，现在它们不但找到了老婆，连孩子都有了，就不会再叫了。

既然目前听不到牛蛙的叫声，什么都懂的文明灿为啥不早说呢！村民们未免有些失望，纷纷离去。

如饲养肉牛的牛老板所料，饲养牛蛙的文明灿果然很快就发了财，成为另一种意义上的牛老板。发水靠雨，发财靠运，应该说文明灿的财运不错。前几年去餐馆吃饭，红烧甲鱼是一道高档菜。客人只有吃到了甲鱼，才算享受到了高规格的接待。现如今呢，甲鱼在宴席上已排不到甲等的位置，是不是能排到丙等，恐怕也很难说。为什么呢？因为牛蛙后来者居上，挤走了甲鱼，并取代了甲鱼的位置。与漂洋过海而来的牛蛙相比，甲鱼算什么呢，不就是老鳖嘛，不就是那种一遇事就把头缩进肚子里的家伙嘛，它凭什么占据席面的重要位置呢！牛蛙就不一样了，牛蛙可不是土老帽儿，它身上带有洋气，吃它就是开洋荤。乖乖，洋荤哪，人活一辈子，谁不想开开洋荤呢！凡有重要的宴席，或是老板请官司家赴宴，牛蛙这道菜必不可少。什么猪肉、羊肉、牛肉、驴肉、鸡肉、鸭肉、鱼肉、蚌肉等等，肉再多都不算数，只有点了牛蛙，才算是真正的好席面，高规格。关于牛蛙的做法有多种，除了香辣牛蛙，还有麻辣牛蛙、泡椒牛蛙、干锅牛蛙、炭烧牛蛙等。不管何种做法，一沾到牛蛙就不便宜。这没关系，请贵客吃饭的老板们，不怕菜贵，就怕菜不贵，菜越贵越有面子。就是在这样的饮食潮流推动下，文明灿才发了牛蛙财。他所养的牛蛙，不必东奔西跑，求爷爷告奶奶，到饭店去推销，销路直接铺到了他的家门口。有那专事采购牛蛙的二道贩子，骑着装有盛牛蛙箱子的摩托车，突地就开到了文明灿养牛蛙的棚子门口，他们用抄鱼一样的舀子，一五一十，十五二十，从水池里就把牛蛙抄走了。他们抄，文明灿也抄。他们抄走的是牛蛙，文明灿概不赊账，抄走的是贩子们留下的钞票。在牛蛙最抢手的那个阶段，文明灿所养的牛蛙还没有完全长大，还不是成品牛蛙，只是半成品牛蛙，就被人不惜加价，提前买走了。

精神与物质相联系，想法与金钱相联系，人们的钱包鼓了，想法就多起来。村里有的人，家里的母牛生了牛犊子，一高兴，要点一点儿纸，放一挂鞭炮，包一顿饺子，庆贺一下。村里有的人家添了孙子，庆贺会更隆重一些，除了烧喜纸，放喜炮，喝喜酒，还要请一台戏在村里唱一唱，让大家同喜。而文明灿，文老板，他养牛蛙发了那么大的财，该有什么样的表示呢？村里有同辈的人敦促文明灿，说文老板，你的腰比牛腰还粗，不能老是哑巴逮牛闷逮呀！文明灿的答复是，他要低调处理。又说，这也是他爹的意思。后来敦促他的人多了，连他老婆都认为不表示一下恐怕说不过去，他才给一个堂弟表态说，他要给大家一个惊喜。

什么惊喜？难道你要给大家请一台大戏唱唱吗？

唱什么戏，那是传统的办法，现在早就不时兴了。

那，你要给大家放一场电影吗？

文明灿没说放不放电影，在继续卖关子，他说：不管什么艺术，关键不是在形式，而是在内容。你等着惊喜就是了。我先给你打一个预防针，到时候不要把你们的下巴颏子惊下来。

在一天晚上，文明灿在村子里放的不是电影，是投影。投影其实也是电影，只不过投影的屏幕小一些，其他方面跟电影没什么区别。村里人看了投影，不知喜了没有，确实惊住了，惊傻了，惊坏了。有一个半老的妇女，头晚看投影时精神大概受到了刺激，第二天神经就出了毛病，见人就说，白活了，她这半辈子白活了。有人问她，怎么能说白活了呢？她的回答还是白活了，白活了。

是什么投影具有这么大的能量呢？按文明灿的说法，他放的不过是一部外国人的生活片。

村里上岁数的人骂了文明灿的娘，还骂了文明灿的爹，他们说，什么生活片，不就是驴嘛，牛嘛，马嘛，不就是一帮不穿衣服的牲口嘛！说他们是牲口，还是好听的，其实他们连牲口都不如。牲口交配起来，不过是一对一。而那帮牲畜呢，一对一的情况很少，乱起来都是一群一群的。有时三个男的对一个女的，有时三个女的对一个男的，还有时像走马灯一样，交换来，交换去，分不清几个对几个。村里人看了这样的投影，受到影响的不止那些半老的妇女，连一些小孩子都受到了毒害，模仿起片中人的动作来。孩子的家长吃惊之余，都把责任归到文明灿头上，说文明灿一发财就变坏了。

任何好花都不会常开，任何好景也有它的阶段性。文明灿因养牛蛙而发财，没有长期把财发下去，只发了四五年就不行了。养牛的接着发财，养猪的照样赚钱，养鸡的经济效益也不错，养牛蛙怎么说不行就不行了呢？文明灿把行情调查了一下，原来，该尝牛蛙肉的差不多都把牛蛙尝过了，他们尝过以后，觉得牛蛙肉不过如此，并没有什么特别的味道。回过头来，食客们认为，要解馋，不如吃猪肉；要大块吃肉，不如吃牛肉；要连吃肉带喝汤，不如炖羊肉；要吃带骨头的肉，不如吃鸡肉。而牛蛙算什么玩意儿呢，要什么没什么，吃过牛蛙，不过多一份吹牛的资本而已。人们回想起本地的青蛙，说比较起来，牛蛙的肉还不如青蛙的肉好吃呢！而不管是青蛙，还是牛蛙，都不能算正经菜，都不可以长期吃。

登门采购牛蛙的二道贩子不见了，文明灿骑上电动三轮车，自己上门为饭店送货。他走一家饭店，又走一家饭店，人家都拒绝再进牛蛙。有的饭店老板对他说：现在很少有人点牛蛙，你上次送来的牛蛙还在那里放着呢，都快饿死了。还有的饭店老板对他说：你以后千万不要再给我的饭店送牛蛙了，有的顾客说，牛蛙属于野生动物，身上携带的有不明病毒，吃多了会得瘟病。文明灿很不快乐，说简直是胡扯！他就不信，曾一度，牛蛙被说成是洋荤，被捧为珍馐美馔，怎么说下跌就下跌呢，这是什么道理呢？又来到一家饭店，文明灿把价钱开得很低，带有抛售的意思，原本三十元一斤的牛蛙，十元一斤他就卖。让文明灿更加生气的是，这个饭店的老板说：你就是倒贴钱，我都不会收你的牛蛙！

别看文明灿已经养了好几年牛蛙，村里却很少有人吃到牛蛙，主要是因为牛蛙太贵了，一般人吃不起。这天中午，文明灿捉了三只牛蛙，装进一只鱼鳞塑料袋子里，趁回村吃午饭时，把牛蛙送到了一个跟他比较要好的堂弟家，让堂弟尝尝鲜。

堂弟说：这么贵重的东西，我们可吃不起，你还是提走吧。

文明灿说：你跟我客气什么，咱们弟兄，只要有我吃的，就有你吃的。

这玩意儿我不会杀，不知道杀头还是杀屁股。我还听说，做牛蛙还得配许多作料，俺家里什么作料都没有。

杀牛蛙又不是杀牛，一点儿都不难。你把它开膛，把皮扒下来，不就完了。烧牛蛙的作料可多可少，如果没有别的作料，只放点辣椒就可以了。文明灿说着，把装有牛蛙的鱼鳞塑料袋子放在堂弟家院子里的地上。

塑料袋子没有扎上袋口儿，堂弟的儿子扒开袋口儿，大概想看看里面装的是什么。他一看，不好了，一只牛蛙两条强有力的后腿猛地一蹬，一下子从袋子里弹跳出来，牛蛙的嘴巴重重地顶撞在小家伙的脑门儿上。小家伙大概以为牛蛙要咬他，吓得哇哇大哭起来，一边哭还一边喊：我怕，我怕！

看到从袋子里跳出来的牛蛙，不仅堂弟的儿子害怕，连堂弟都有些害怕。堂弟有一段时间没去看牛蛙，没想到牛蛙竟然长得这么大。这哪里还是牛蛙，大得简直像兔子，像猪娃子，一只牛蛙恐怕有三四斤重。堂弟不能任牛蛙在院子里跳来跳去，他得把牛蛙捉住，并顺便把顶撞儿子的牛蛙处罚一下，替儿子压压惊。他冲过去，没有把脚踩在牛蛙背上，而是冲牛蛙开了一脚。开牛蛙的时候，他还骂了一句去你妈的！只一脚，他就把肥胖得有些臃肿的牛蛙开到了南墙上。牛蛙与墙壁相撞，啪地响了一下。等牛蛙从墙壁上反弹下来，牛蛙的身子翻了过来，翻得脊背朝下，肚皮朝上。牛蛙的肚皮是白的。

牛蛙的四只脚胡乱蹬抓，就是翻不过身来。

当着文明灿的面，堂弟这样虐待牛蛙，让文明灿有些看不惯，他转身走了。

文明灿一走，堂弟把那只肚皮朝上的牛蛙收拾到袋子里，连同袋子里的那两只牛蛙，一起扔进村后的水塘里去了。

堂弟的老婆问堂弟：你把牛蛙弄到哪里去了？

我才不吃他的破牛蛙呢，统统给他扔到水塘里去了。

你可不敢乱扔，那些牛蛙都大得成了精，它们会回来找你报仇的。

成精？成个屁！你不是不知道，水塘里的黑水是有毒的，只要一沾毒水儿，不等它们从袋子里爬出来就得完蛋。

还留在养殖池里的那些牛蛙怎么办呢？文明灿决定，不再喂它们。喂它们，就要投饲料，投饲料等于投成本，既然收不到经济效益了，还白白投那些成本干什么呢！

让人可笑的是，文明灿并没有拍那一对铜镲，并没有向牛蛙发开饭的信号，牛蛙们却聚集到了往日用餐的平台上，眼巴巴地向池子上方望着。它们像是一致要求：我们饿了，给我们吃的吧！它们又像是在静坐，在示威，在抗议，要求文明灿还它们蛙权，还它们自由！有的牛蛙见静坐抗议无效，开始付诸行动，力图从池子里跳出来。大概由于它的身体太笨重了，只跳到池壁的半腰就摔了下来。

牛蛙们差不多等于被遗弃，文明灿不再担心别人会去偷那些人嫌狗不理的东西。到了夜间，他也不再到野外的棚子里去睡。守着自己的老婆，还是比守着牛蛙好些。

有一天早上，有人告诉文明灿，他的棚子失火了。文明灿到西南地的养殖池边一看，他所搭的棚子已化成了黑色的灰烬。不仅棚子烧没了，连搭在池子上方的苇席和爬在苇席上的丝瓜秧子，也被烧成了空洞，露出了天空和直射的阳光。文明灿的判断是，这是有人故意纵火，已经构成了一个案件。文明灿有些生气，他在想，要不要把这个案件向他爹汇报一下？

原载《小说月报·原创版》2020 年第 10 期

睡觉

挖煤，演戏，这两件事很难扯到一块儿。挖煤是在地下的工作面，演戏是在地面的戏台上；挖煤是在黑暗里进行，演戏一般都有灯光照明；挖煤是实打实凿，来不得半点儿假招子，演戏一招一式都是象征性的，用马鞭子代替跑马就行了。不过，当演员的和挖煤的矿工，似乎也有某些相似的地方。演员在不演戏的情况下，并没有什么特别之处，往往不声不响，走路连只蚂蚁都踩不死。可他们顶冠一戴，蟒靠一扎，一旦登上戏台，顿时来了精神，叱咤风云，八面威风。矿工也是一样，在不挖煤的时候，他们往往是沉默的，沉默得像一块块亿万年前形成的煤炭。而当他们操起家伙挖煤的时候，一下子像换了一个人一样，全身的每一个细胞都活跃起来，龙腾虎跃，所向披靡。如果还拿煤作比，一旦干起活儿来，矿工们一扫沉默的样子，像是被点燃的煤炭，瞬间可以爆发出巨大的能量。

煤炭的能量，是在长期埋藏的情况下积攒起来的，那么，矿工的能量是从哪里来的呢？若拿这个问题去问那些窑哥们儿，他们会憨憨地笑，笑里还有那么一点儿不好意思。说嘛，说嘛，不要不好意思！一个哥子不笑了，说没什么不好意思，睡觉睡出来的呗。他没说是开会开出来的，也没说是吃饭吃出来的，或喝酒喝出来的，说的却是睡觉睡出来的。他说得对吗？当然对了，绝对！矿工的能量，或者说精力，主要是靠睡觉睡出来的。当矿工的除了在井下挖煤，剩下的绝大部分时间是用来睡觉。他们的整个时间差不多是二五开，一半用来挖煤，另一半用来睡觉。倘若一个人要当三十年矿工的话，十五年用来背煤，另外十五年呢，按他们的说法，是用来“背床板”。有一个通用的说法叫加油，这个说法，大概是从给燃油发动机加油说起的，比如给汽车加油、给飞机加油等。说着说着，人们说油了嘴，把许多需要鼓劲儿的事物都说成加油。他们为某座城市喊加油，为某个团队喊加油，为某头正配种的公猪喊加油，给某棵树、某盆花也喊加油。当然了，大家喊得最多的是给人加油，张三，加油！李四，加油！王二麻子，加油！加油加油加油！煤矿工人怎么加油呢？不用让别人为他们喊加油，他们通过躺在床上，关上眼睛的门睡觉，不知不觉间就把油加上了。加油的过程，更像是一个泉眼在补充泉水。头一天干活儿时，把水用干了。睡上一大觉，泉眼里的水就悄悄冒了出来。第二天干活时，可以接着往外扤水。

这样的比方，似乎仍不尽意，因为它强调了睡觉的物质性作用，没有顾及睡觉的精神性作用。实在说来，矿工睡好了觉，除了可以在体力上补充能量，对矿工的精神状态也很重要。在井下挖煤，凶险很多，每前进一步，都有一个安全问题。虽说挖煤不是为了安全，安全却是为了挖煤，不安全就不能继续挖煤。如果睡不好觉，精神不能高度集中，很容易出问题。无数事实表明，不少人身事故不是出在体力不支上，而是出在精神涣散上。

从这些意义上说，睡觉的作用既有物质性，也有精神性。在每天的班后会上，跟班的副队长几乎都会讲：下班后都给我老老实实，好好睡觉，不要到处乱跑。乱跑不就是看人家的女人嘛！看女人没啥好处，只会心乱，影响睡觉。我要是发现谁不好好睡觉，小心我把谁的两个蛋子儿挤出来喂狗。

矿上家属委员会的女主任，在召集那些矿工的家属开会时，把矿工睡觉的重要性提到了更高的高度，几乎排到了决定性的优先位置。她把那些矿工称为师傅，说师傅们只有睡好了觉，下井挖煤才会有劲。只有多挖煤，才能多挣钱。只有挣钱多了，想买什么都不愁，家庭生活才会幸福。女主任不会忘记把睡觉和安全联系起来说事儿，她说什么最安全，依我看，躺在床上睡觉最安全，是第一安全。只有把第一安全做好了，下井干活儿时心明眼亮干劲儿足，才能确保下一步的安全。师傅们可是各家的顶梁柱，万一顶梁柱顶不住了，安全上出了闪失，家里的天就会塌下来。天一塌，灰飞碗打，鸡飞蛋打，那可就惨了，再哭"我的天哪"就晚了。所以，女主任对家属老娘儿们和小娘儿们提出严肃要求，在师傅们睡觉的时候，有鸡的，把鸡圈起来；有羊的，把羊牵走；有孩子的，让孩子到外面去玩，一定要保证睡觉的人不受任何干扰，把觉睡得足足的，足到头发梢那里。女主任还说了一些让矿工的老婆们脸红的话，她说：在某些方面，你们也要节制一些，别跟自家的男人老要老要，饿得跟八辈子没吃饱一样。你们把男人掏空了，师傅们拿什么往煤墙上掏窟窿呢！说到这里，她向矿工的老婆们发了一个问：我说的这些，你们能不能做到？老婆们有些害臊，还有些脸红，回答不是很积极，稀稀拉拉，声音也有些低。女主任不满意，说：你们少跟我玩脸红，我也是从年轻的时候过来的，你们的心思我懂。我再问一遍，你们的回答要响亮一些。姐妹们，你们能不能做到？姐妹们的回答是能——做——到！这一次回答得响亮多了。回答之后，她们就笑了，都想到了自家的男人。

白燕春的男人上的是夜班，按规定，应该是半夜十二点接班，第二天早上八点交班。可是，她男人马阳子每天夜里都是不到十一点就出门去了，直到第二天将近十点才能回到家。这样算下来，两头挂橛儿，马阳子在外面的时间比十一个钟头还长。说是八小时的工作制，不过说起来好听而已，只有傻婆娘，才会抠着那个“八”字计算男人工作的时间。白燕春不傻，她给马阳子两头都打了富余。马阳子该出门了，她一点儿都不拖马阳子的后腿。马阳子有时不能按时回家，她表现得也不是很着急，再等一会儿就是了。这天早上，她给马阳子做的早饭，熬了一锅小米粥，馏了三个馒头，炒了两个热菜，还煮了一个咸鸭蛋。她把小米粥煮得黏黏糊糊，上面漂着一层结成薄皮的米油儿。她馏的馒头是自己用酵子发面蒸成的，一闻就是一股子麦香。她炒的两个热菜，一个是鸡蛋烘新韭，另一个是肉末烧豆腐。煮熟的咸鸭蛋被切成两瓣儿，每瓣儿都嵌有半块鸭蛋黄儿，鸭蛋黄儿上冒着红油。这样的早饭，也算是午饭，因为吃了这顿饭，就开始睡觉，一觉睡到下午三四点，中午就不再吃饭了。吃饭时，马阳子还喝了两盅酒。马阳子说过，喝酒对睡觉有好处，睡觉前喝一点儿酒，会睡得更舒服。那么好吧，马阳子每天升井之后，睡觉之前，白燕春都会为他预备一点儿小酒。白燕春自己不喝酒。她不是不会喝，是舍不得喝。好比她也是丈夫眼里的一瓶酒，既然丈夫爱喝她，那就都留给丈夫喝吧，自己就别喝自己了。丈夫嘴里喝着酒，眼睛却热辣辣地看着她，“嗞儿嗞儿”，喝得很香的样子。

马阳子喝完了酒，吃饱了饭，白燕春把碗筷简单收拾了一下，让马阳子睡吧！白燕春出门时，顺手把那扇木门带上了。

白燕春家没有养鸡，也没有养羊，只养了两个孩子，大的是女儿，小的是儿子，女儿六岁，儿子三岁，女儿已经可以带儿子玩耍。在丈夫喝酒吃饭的时候，白燕春就让女儿带儿子到外面玩去了。他们家的房子搭在一座小山的山坡上。山上不长树木，也不长草，只有石头。他们家的房子也是石头房子，墙座垒的是石头块儿，房顶盖的是石头片儿。在工友的协助下，马阳子就地取材，硬是把小房子给搭了起来。鸡有鸡窝，鸟有鸟窝。有了这个小房子，马阳子等于搭了一个窝。窝搭好后，马阳子回了一趟农村老家，就把老婆孩子接到矿上的窝里来了。窝里的空间比较小，只盘得下一座火炕，支得下一个锅灶，别的就放不下什么东西了。比如说，马阳子每天下班时，都要顺便捎回一块煤。他捎回的煤多了，窝里放不下，就只好堆在窝门口。用工友的话说，马阳子的房子就是屁股大点儿的一个地方。马阳子对这样带有嘲笑的说法儿不但一点都不反感，似乎还有些喜欢，是呀，一个地方只要放得下屁股，不是什么都有了嘛！

白燕春不能走远，她还负有为睡觉的丈夫站岗放哨的任务。在丈夫睡觉期间，她把警惕性提得高高的，不允许有任何响动接近她家的门口。除了不让孩子回家，拒绝别的邻居去她家串门，哪怕有一只喜鹊，落在他们家的房顶，她也会扬起胳膊，把喜鹊赶走。他们家门前没有院子，也没搭院墙，只有一个小小的平台。在平台一角，白燕春种了一小片韭菜，还栽了一棵月季。种菜和栽花的土，是白燕春用塑料桶一桶一桶从山下提上来的，水也是她吭哧吭哧提上山的。平台上本来只有石头，什么东西都不生。自从她创造性地在一个石凹里填了土，并浇了水，种什么，就发什么，栽什么，就长什么，种菜菜绿，栽花花红。她种的韭菜绿油油的，让人一见就想吃一口。她早上给丈夫做的鸡蛋烘韭菜，就是在家门口割下的春韭。她栽下的月季已冒出了花蕾，每个花蕾都毛茸茸的。她带孩子点着指头数过了，一个、两个、三个……花蕾一共是九个。等花蕾绽开，所开的红花就是九朵，那将是多么喜人的景象！

在为丈夫“站岗”时，白燕春的双手并没有闲着，在一针一线给丈夫纳鞋垫子。在平台的另一角，凸起来的有一块石头，看样子像一块卧牛石。不知经过了多少风霜雨雪的打磨，卧牛石光光的，“牛”的脊背、肚皮、脖颈等，都光溜溜的，连一根牛毛都没有。白燕春就那么坐在卧牛石的“牛肚子”上做针线活儿。她纳鞋垫子用的是彩线，所下的也是绣花儿的功夫。只是她绣的不是花儿，是字。左脚的鞋垫子绣的是“平安”，右脚的鞋垫子绣的是"归来"。这样的鞋垫子，白燕春已经给丈夫纳过好几双了，每次在上面绣的都是这几个字。她相信，丈夫这些年之所以能够平平安安，连一点儿轻伤都没受过，跟每天脚踩她做的平安鞋垫子是有关系的。有一片云彩从天上飘过来，眼看就要飘到她家的房顶上面。她不由得往门口看了一眼。不过她很快就放心了。天是蓝的，云彩是白的，云彩白得像撕薄的新棉花的丝绒一样，连蓝天的底子都露了出来。不是什么样的云彩都会下雨，这样的云彩里包含的水分很少，恐怕连一滴子雨都变不成。既然不会下雨，形不成雨声，就不会影响丈夫睡觉。

这时，白燕春听见丈夫在屋里喊她：燕春，燕春！

丈夫一喊她，她就听见了，马上答应着来啦来啦，来不及把鞋垫子放下，就快步推门进屋去了。什么事儿？你还没睡着吗？白燕春问丈夫。

丈夫躺在炕上说：我有点儿渴，睡不着，你给我倒点儿水喝。

人喝了酒，就是容易渴。白燕春放下针线活儿，倒了半杯热开水，又兑了半杯凉开水，兑得不热不凉，端给丈夫喝。她又问：我今天给你炒的菜，是不是咸了一些？

没有呀，我吃着不咸也不淡，正好。丈夫光着膀子，从被窝里坐起来，接过白燕春递给他的水，凑在嘴边喝起来。他把水喝了半杯，停下来，两手捧着水杯，对白燕春笑。他的笑里，似乎有那么一点儿不好意思，还有一些暧昧的成分。

对丈夫这样的笑，白燕春是熟悉的。丈夫一笑，她就明白了丈夫的意思。丈夫从煤井里出来，脸洗得不是很干净，眼睑那里还留有一些煤油。好比登台唱戏的人，卸妆没有卸彻底，如黛的油彩还留在眼圈儿上。对于丈夫的这种样子，白燕春不但一点儿都不嫌，反而觉得很好玩。看见了丈夫的笑，白燕春也想笑。但她不能笑，一笑就坏事了。她使劲绷着脸，把笑忍住了，说：笑什么笑，快点儿把水喝完吧，喝完就把渴解了。

丈夫的双手把圆柱形的水杯搓了搓，这才把剩下的半杯水喝完了。

白燕春像夸奖一个孩子一样，夸丈夫表现不错。她用哄小孩子睡觉一样的口气对丈夫说：快睡觉吧，好好的，啊！她为丈夫掩上门，接着到卧牛石那里纳鞋垫子。

太阳越升越高，越变越小，却越来越热。阳光照在白燕春身上，光芒把三层衣服都穿透了，使她差不多有了夏天的感觉。她每次仰脸看太阳，发现太阳都在看她。她认为太阳是认识她的，在农村老家时，太阳认识她，她来到矿上，太阳还认识她，她走到哪里，太阳就跟到哪里。她在心里对太阳说：老看人家干什么，你又不是没见过我。她回过脸来，不看太阳了，感觉太阳还在看着她。太阳不但目不转睛地看着她，似乎还想跟她拉拉呱，把她说成是害羞的小媳妇儿，问她不陪男人在屋里睡觉，老待在外边干什么呢！她才不接太阳的腔呢，她要是接了太阳的腔，一递一句地跟太阳说起话来，把丈夫吵醒了怎么办呢！

山上有一条小路，小路从山头下来，一直通到山脚。小路两侧，枝枝杈杈地，又分出许多更细小的路。每条细路的尽头，都连着一座小石头房子。那些石头房子，看上去跟白燕春家的房子差不多，像是从一个模子里倒出来的。若是从高空往下看，那条小路像是一棵树的树干，许多细路像是树枝，而那些房子呢，像是一只只搭在枝头的鸟窝。“鸟窝”里的那些“鸟”，不管是下山觅食，还是下山往山上取水，都是从“鸟窝”里出来，先沿着“树枝”，再沿着“树干”，才能走到平地里去。如果说白燕春是一只“母鸟”的话，她跟住在山上的那些“母鸟”姐妹几乎都认识。一只穿花裙子的“母鸟”，手提一只用红蓝塑料片子编成的篮子，从山上下来了，大概要去买菜。她从白燕春身边走过，没跟白燕春说话，只对白燕春扬了扬手中的篮子，就下山去了。又一只比较肥胖的“母鸟”，挑着两只水桶，从小路走过来。这只“母鸟”平日里喜欢鸣叫，一叫就叫得比一只刚下蛋的母鸡都响。可她一看见白燕春坐在路边的卧牛石上纳鞋垫子，就明白白燕春是在为正睡觉的丈夫站岗，还没等白燕春示意她不要说话，她自己就自觉地把一根手指竖在了嘴上。既然她们知道各家的男人都是下窑的受苦人，知道全家老小靠下窑的男人养活，知道睡觉对男人来说十分重要，就要共同担负起维护男人们睡好觉的责任。在矿区别的场合，她们碰面可以大声说笑，互相取闹，怎么发疯都可以。可她们一到附近有挖煤人睡觉的地方，马上变得屏声敛气，比最乖的小鸟儿都乖。

燕春，燕春！白燕春听见，丈夫又在屋里喊她。

咦，这个马阳子，怎么还没睡着，烦人！白燕春推门进屋问丈夫：又怎么啦？

我身上有点痒痒，你帮我挠挠吧！

你怎么这么多事儿呢，痒痒了不会自己挠吗？

有的地方我自己的手够不着。

净是瞎找借口，你的爪子那么长，我看哪儿都够得着。说吧，哪儿痒痒?

后背。

翻过来，趴下!

丈夫翻身趴在床上，把光光的脊梁板儿暴露给白燕春。他的两只胳膊却没有扣在枕头上，而是顺长着放在身体两侧。他的手梢儿微微有些动，像是随时准备抓住一点儿什么。他的脸向外侧瘪在枕头上，眼睛可以看到白燕春的脸。白燕春给他挠上，他说往下；白燕春给他挠左，他说往右。不管白燕春挠到哪里，他都哎呀，都说舒服，还说：有痒痒就得让老婆帮助挠，老婆挠的就是舒服，舒服死了!

整个脊梁板儿都挠遍，白色发亮的脊梁板儿上挠出一道道粉红，白燕春说行了吧！遂收了手。

丈夫伸手抓住了白燕春的手，说再挠挠下边。

白燕春明白丈夫说的“挠挠下边”是什么意思，说：想什么呢！好好睡你的觉，比什么都强。再胡想八想，我就不理你了。昨天刚那个过，今天又想那个，你有够儿没够儿？要是没够的话，明天我也不答应你了！白燕春说着，把手从丈夫手里抽了回来。

白燕春的两个孩子在下面的山坡那里玩。那里不长花，也不长草，长的却有蚂蚁，黄蚂蚁、黑蚂蚁都有。在爸爸睡觉期间，妈妈不让他们回家，他们只好跟蚂蚁玩一玩。好在蚂蚁不会说话，不管他们跟蚂蚁玩多长时间，蚂蚁们跟哑巴一样，一句话都不说。这样，他们就形不成和蚂蚁们的对话，更不会和蚂蚁们吵架，完全符合妈妈要他们保持安静的要求。

女儿从山坡那里上来了，小声对正纳鞋垫子的妈妈说，弟弟想吃冰棍，让妈妈给她一点儿钱，她带弟弟下山去买一根。

妈妈把女儿的要求给拒绝了，说天气还不热，还不到吃冰棍的时候，吃冰棍容易肚子疼。

当姐姐的只好带弟弟继续跟蚂蚁玩。姐姐找来一根干树枝，把一只个头儿较大的黑蚂蚁引导到树枝上，让蚂蚁在树枝上爬上爬下。姐姐对弟弟把蚂蚁说成猴子，说你看，小猴子在爬树呢，爬得多快呀！她把树枝交到弟弟手里，让弟弟亲自操作一下“猴子爬树”的把戏。弟弟把“树”举起来，眼看着“猴子”沿着“树干”爬到“树梢儿”，很快折返下来。当“猴子”爬得接近弟弟的手时，弟弟的样子稍稍有些害怕，像是随时会把“树”扔掉。然而，“猴子”没有爬到弟弟手上，遂掉头重新向高处爬。姐姐问弟弟：好玩儿吗？

一点儿都不好玩儿！弟弟的样子几乎有些叹气。

远处隐约传来打腰鼓的声音，弟弟的耳朵顿时支棱起来。姐姐知道，矿上有一支老年腰鼓队，时常在矿俱乐部门前的广场上打腰鼓，她曾领着弟弟去看过人家打腰鼓。弟弟很喜欢看那些爷爷奶奶打腰鼓，都是看到人家散场还舍不得走。姐姐对妈妈说：妈，我和弟弟去看人家打腰鼓！

白燕春同意了，说去吧，不要走得太远，别出矿上的大门。

白燕春也听到了打腰鼓的声音，咚啪，咚啪，咚咚咚，咚啪！咚，是鼓锤子打在鼓面中心发出的声音；啪，是鼓锤子敲在腰鼓的木帮子上发出的声音。声音若隐若现，像是隔了水，又隔了山，她相信不会影响丈夫睡觉。

丈夫马阳子第三次喊她：燕春，春儿！

你今天到底是怎么了？一遍又一遍，跟猫叫春儿一样，真是烦死人了！

丈夫说了对不起，又说老也睡不着，他自己也有点儿讨厌自己。之所以睡不着，他估计自己可能有些内热，上火，让白燕春给他拔拔火罐儿去去火才好。

什么口渴喝水，什么挠痒痒，什么拔火罐儿去火，说来说去，说得拐弯儿抹角儿，还不是想干那件事。作为夫妻，那件事是必须的，不能不干。但窑可以天天下，煤可以天天挖，那件事不可以天天干。为了爱护马阳子的身体，也是为了确保那件事的质量，他们商定了一个规则，隔一天那个一次。既然商定了规则，两口子就得共同遵守。马阳子大概是不好意思违犯规则，又想加一个班，就千方百计找借口缠磨她。给马阳子拔火罐儿，也不是不可以。但拔火罐儿不如倒水和挠痒痒那么简单，拔火罐儿要和面，要做圆圆的面皮，要把面皮巴在脊梁上，要用草纸在火罐儿里点火，趁火正燃烧时快速把火罐儿扣在面皮上。火罐儿吸牢后，要停一会儿才能拔下来。拔过火罐儿的地方，皮肉发红，或者发紫，才算收到了拔罐儿的效果。几排火罐儿拔下来，不知得费多少时间呢，恐怕一个钟头都不够。问题是，她给马阳子拔了火罐儿，马阳子的火可能还去不掉，还不踏实睡觉，说不定还会想出什么新的鬼点子。白燕春问马阳子：你承认不承认你是一个调皮捣蛋的家伙？

马阳子没说承认，也没说不承认，他笑了，说一般化吧。

一般化是什么话，我看你就是个捣蛋货。

我不捣蛋，我捣别的。

再敢说恶心人的话，我不给你拔火罐儿了，我把你的头拔下来。

给，你拔呀，我的头就是留给你拔的。

白燕春缠不过马阳子，只得把家属委员会女主任的话搬了出来，说女主任说了，让我们这些当家属的，要好好爱惜自家男人的身体，不能见天跟男人那个，不能把男人的身体掏空。

不提女主任还好些，一提女主任，马阳子似乎显得更加兴奋，说她呀，我们下窑的哥们儿都知道她，她比你们哪个女人都厉害。她男人原来当过我们的师傅，在窑底下经常跟我们讲他老婆的事，说他老婆特别善于连续作战，一夜干个两三次，属于家常便饭。往往是，他刚从老婆身上下来，刚眯上眼休息了一会儿，老婆一翻身，又骑到他身上去了，骑得比跑马都快，拉都拉不下来。马阳子的结论是：依我看，你应该向你们的女主任学习。

看看，还说让我给你拔火罐儿呢，说露馅儿了吧！

差不多吧，你不就是个火罐儿嘛！

碰见这样的臭男人，真让人没办法！

一个矿工的老婆，大概要跟白燕春借点儿什么东西，没打招呼，一把推开了白燕春家虚掩着的门。她见白燕春正在马阳子身上坐着，不便打扰，转身就走了。

白燕春停止了动作，对马阳子有所埋怨，说都怨你，都怨你，你看多丢丑！

白燕春急忙穿衣追出门外，把那个走开的女人喊王姐：王姐别走呀，进来坐会儿呗！

这个坐不是那个坐，王姐说：我不坐了，还是你自己坐吧。

原载《作家》2020年第7期

终于等来了一封信

七月十五定年成，是说到了每年农历的七月十五，当年秋庄稼的收成如何，能收八成，还是能收九成，基本上就定了盘子。这年还不到七月十五，高粱还在孕米，玉米还在吐缨，芝麻还在开花，年成如何尚未确定，方喜明的亲事却定了下来。所谓定亲，是方喜明得到了男方的认可，男方家已经托媒人给女方送了彩礼。彩礼是一个特指，只有在男女青年定亲之时，男孩子家给女孩子送的礼品才称得上彩礼。方喜明得到的彩礼没有现金，只是几块做衣服的布料和一方包布料的红围巾。定亲也是定情，定情不在于礼轻礼重，哪怕是一块手绢，或是一片树叶，都可以成为定情之物。方喜明是重情的人，定情之后，她就把自己的心和那个人的心连在了一起。

方喜明对那个人的名字已烂熟于心，连睡梦里都不会叫错。但她在口头上从没有叫过那个人的名字，仿佛一叫就会牵得心上疼一下似的。还有一个说法，把已定亲的对方说成对象。什么对象不对象，对这样的说法方喜明也很不习惯，也说不出口。她还是愿意按传统的说法，把跟她定亲的人说成“那个人”。因那个人所在的村庄叫张楼，如果嫌只说那个人不是很明确，她顶多在那个人前面加一个定语，说成张楼的那个人。张楼张楼张又张，张楼那个十九岁的人儿啊！

他们两个定亲不久，张楼的那个人就到一个山区煤矿当工人去了。临去当工人的头天晚上，那个人和方喜明约了一个会，会面的地点是在一座小桥上。半块月亮在薄云中忽隐忽现，不知是月在走，还是云在走。桥下的流水静静的，若明若暗，映着碎银子一样的月光。遍地的庄稼在抓紧最后的时间向上生长，一片苍茫连着一片苍茫。庄稼地里虫鸣十分繁密，有着千翅万翅齐弹奏的绵长悠远效果。他们两个在桥上站了一会儿，说了几句话。方喜明送给那个人一双她亲手做的鞋，那个人握了一下方喜明的手，两个人的相会就结束了，一个走向桥东，一个走向桥西。

那个人这一走，不知何时才能回还，方喜明心里难免空落落的。那个人在家时，他们见面的机会其实并不多，可他们毕竟同属一个大队，偶尔看见那个人的机会还是有的。比如大队在一个打麦场上召开全体社员大会，方喜明会在会场上看见那个人。再比如，那个人曾在大队毛泽东思想文艺宣传队里演过节目，跟同在大队宣传队演过节目的大队会计孟庆祥是好朋友，那个人去大队部找孟庆祥说话，方喜明有时也会远远地看见他。还有，今年春天方喜明去镇上赶三月三会，在熙熙攘攘的千年古会上也看见了那个人。她穿过一道巷又一道巷，挤过一条街又一条街，当终于在人群中看到她的那个人时，她心头烘地一热，像达到了最终目的一样，就回家去了。是的，在那些情况下，他们没有接近，更没有说话，只是看一眼而已。而且，他看到了那个人，并不能保证那个人同时也看到了她。能看上一眼就够了，一眼三春暖，能看到那个人一眼，足以让她心满意足，温柔无边。她还能要求什么呢！那个人这一远走，她想看到那个人就不容易了，不光夏天看不到，秋天看不到，冬天看不到，恐怕到明年春天都不一定看得到。那个人还在家的时候，虽说他们两个不在一个村庄，但那个人所做的很多事情方喜明都想象得到，知道他怎样戴着草帽锄地，怎样挥舞着镰刀割麦，怎样在深不见人的棒子地里掰棒子；还知道他怎样爬树摘桑葚，怎样下河摸鱼，怎样在雪夜的煤油灯下看书，等等。那个人去到一个陌生的地方，方喜明的想象没有了依据，无从想起，就什么都不知道了。这样一来，他们两个不仅从地理和空间上拉开了距离，从心理和想象上似乎也拉开了距离，真让人发愁！方喜明想叹一口气。想到心到，她真的叹了一口气。她叹得轻轻的，颇有些我想叹气不敢叹的意思，但她的叹气还是被自己听到了。她吃了一惊，生怕她的叹气被家里人听到，说她有了心事。她叹气时，娘在家，妹妹在家，弟弟也在家。外面下着小雨，娘在纳鞋底子，妹妹在拆一件棉衣，弟弟在写作业，他们各人做各人的事情，似乎并没有听到她的叹气。或许听到了跟没听到一样，对她为什么叹气并不关心。心事都是自己的，从心事的角度讲，每个家里人也都是别人。自己的心事自己承担，跟别人有什么关系呢！

这天下午，生产队里给女劳力安排的活儿是翻红薯秧子。下过雨后，太阳一晒，红薯秧子长得格外旺盛，满地绿汪汪的。红薯秧子贴地蔓延，秧子下方会生出一些白色的根须，扎进土里，秧子走到哪里，根须就会扎到哪里。在农人看来，如果红薯秧子上的根须扎得太多，会分散整棵红薯的营养，影响红薯主根根部块茎的发育和生长。而翻红薯秧子的目的，是把那些扎在土里的根须扯断，让红薯秧子和红薯叶子上的全部营养，都集中在根部的块茎上，保证红薯长得又大又红。方喜明踏进红薯地里，和女劳力们一起翻红薯秧子。她们不能揽得太宽，每个人一趟只能揽两垄，左边一垄，右边一垄。不管左边还是右边，她们都是用右手翻。她们蹲在一尺多深的红薯秧子丛中，也是蹲在两垄红薯中间的地沟中，一边翻扯红薯秧子，一边向前移动。她们从一棵红薯的根部那里抓到红薯秧子，一抓就是一大把，像抓到姑娘粗壮的头发辫子一样。她们一律把“头发辫子”翻到了后边，恰如姑娘家的头发辫子都拖在身后一样。有的红薯秧子根须扎得少，她们翻起来很轻松。有的红薯秧子根须比较多，又扎得比较深，抓地抓得比较紧，她们需要使劲儿拉扯，才能把红薯秧子揭起来。当根须被揭断时，会发出一连串裂帛一样好听的声音。在密匝匝的红薯叶子下面，有蝈蝈、蟋蟀等多种昆虫在合唱。它们的合唱虽然有高音，有中音，也有低音，但听起来十分和谐。翻红薯秧子的队伍翻到它们跟前时，合唱队暂时分散，它们的合唱暂时停止。队伍刚刚翻过去，它们便迅速集结，合唱重新开始。红薯叶子的正面是墨绿色，背面有一些发白，红薯秧子一翻过来，绿色就变成了白色，远看如开满了遍地白花。有的红薯秧子的根须由于抓地太紧，根须没有扯断，倒把红薯秧子扯断了。红薯秧子被扯断，白色的汁子冒出来，散发出一股股浓浓的青气。方喜明听娘说过，以前还是各家各户种地时，有人翻红薯秧子是手持一根顶端削尖的木棍，站在地里挑着翻，那样就不必一直蜷窝着蹲在地上，身体会舒展一些。自从土地归集体所有之后，社员们翻红薯秧子就不再是站着用棍子翻了，都是蹲在地里翻。方喜明从没有站着翻红薯秧子的经历，自从她成为生产队的一个女劳力，第一次和女劳力们一块儿翻红薯秧子时，就是身体重心向下，蹲在地里用手翻。她从不觉得这样翻红薯秧子有什么不好，在她看来，翻红薯秧子是最简单的劳动，只动动手就行了，根本用不着动脑子，比梳头发辫子都要简单。

她干活儿时虽然不用动脑子，可她的脑子并没有闲着，一会儿想到东，一会儿想到西；一会儿想到天上，一会儿想到地下。不管她想到哪儿，总是离不开一个人。那个人不是别人，只能是张楼的那个人。那个人不在地面上种庄稼了，跑到那么远的地方，钻到地底下挖煤去了。方喜明在打铁的铁匠炉那里见过煤，知道煤都是黑的，都是从最黑最黑的地底下挖出来的。但她想不出来，地底下到底有多深，究竟有多黑。方喜明下过的最深的地方是她家的红薯窖，见过的最黑的地方是红薯窖下方储藏红薯的地洞。红薯窖还不到一丈深，她觉得已经很深了，比老鼠和黄鼠狼打的洞子都要深。储藏红薯的地洞当然很黑，黑得她感觉好像没有了白眼珠，只剩下黑眼珠，连红薯都变成了黑薯，一摸就能沾一手黑。一个红薯窖尚且这样，那挖煤的煤井，又不知深成什么样，黑成什么样呢！在那样又深又黑的煤井里挖煤，不知那个人害怕不害怕？要是害怕的话，不知那个人会怎样？这时方喜明一抬头，看见天上飞过一只鸟。据说一只鸟一天可以飞很远，她想，这只鸟也许是从那个人挖煤的地方飞过来的，她暂停翻红薯秧子，两只眼睛盯着那只鸟。可惜那只鸟没有降低飞行高度，没有放慢飞行速度，更没有停留，一直飞了过去。鸟越变越小，从一个高粱穗子，变成一粒高粱；再从一粒高粱，变成一粒芝麻，后来连芝麻也看不见了。直到这时，方喜明还从没想到过，那个人会不会给她写一封信，那个读过中学的人会不会给她写信说说在煤矿下井的情况。她只想到，她每天想那个人，不知那个人会不会想她。要是她只想那个人，那个人并不想她，那就不好了。

立秋之后，第一个被人们打上标记的日子是七月初七。有戏里唱道：年年有个七月七，天上牛郎会织女。这只是一个故事，一个传说，并不是一个节日。元宵节、端阳节、中秋节，还有春节等，都是节日，人们都不会忘记，家家都要正儿八经地过一过。七月七就不一样了，是不是把它当成节日，会因人而异。把七月七当节日的，会把它说成七夕节、乞巧节，夜晚会仰脸在天河两边找一找牛郎星和织女星。而不少人根本不把七月七当回事，稀里糊涂地就过去了，连向天空看一眼都不看。方喜明怎么样呢？她能记起这天是七月七吗？在以前，日子如流水，一天又一天，她跟大多数人一样，也很少能想起七月七来。就算偶尔能想起来，也是因为娘的提醒。娘的说法是老一套：今天是七月七，喜鹊又该去天河上搭桥了，牛郎和织女又能见面了！听了娘的提醒，方喜明虽说知道了那天是七月初七，也想起了传说中的放牛郎和七仙女的故事，但她觉得那样的故事遥远得很，隔着千层云，也隔着万里风，跟她一点关系都没有。她听了也就过去了，只从耳朵里过，没从心里过，该薅草就去薅草，该拾柴还去拾柴。今年可不一样了，心上有了牵挂的方喜明，无须任何人提醒，一大早就记起了这天是七月七。仿佛她还没有完全睡醒，七月七就醒在了她前头，七月七似乎对她说：方喜明，你已经是有主儿的人了，不能再糊涂下去了！方喜明赶紧说：不用你说，我记着哩！这个日子让方喜明心里突地一跳，就一下接一下跳了下去。她有点儿欢喜，还有点儿发愁；有点儿想笑，还有点儿想哭；觉得这一天有点儿短，还有点儿长，不知怎样才能度过去。

这天下午，女劳力的活儿是钻进高粱地里打高粱叶。高粱的叶子是高粱生长的标记，高粱每向上拔一节，就要长一片叶子。等到高粱长出穗子，整棵高粱秆子上就会伸展出好多片叶子。高粱的叶子又宽又长，秋风一吹，叶子会发黄，但叶裤子还紧紧穿在高粱秆子上，不会自行脱落。打高粱叶子的用意与翻红薯秧子一样，是为了避免营养分散，把最后的养分都集中供应给高粱的穗头。打高粱叶子的女劳力，要逐棵逐棵、自上而下，把高粱秆子上的叶片全部打光，打成光秆，打得有些发红的高粱穗头像高擎的火把一样。中间休息的时候，一些家里有小孩子的妇女，从高粱地里走出来，匆匆回家奶孩子去了。方喜明没有回家，她一个人登上高高的河堤，在河堤上整理了一下头发，想到应该以水为镜照一下，就沿着河内侧的堤坡，下到水边去了。这是一条纵贯南北的河流，南边通淮河，北边通黄河。在发大水的时候，淮河的鲤鱼可以通过这条河北上，先进入黄河，再逆流西游，以实现跳龙门的愿望。河水在春天是浑的，在夏天也是浑的，一到秋天就变成了清的。方喜明一直不能明白，秋天到底有着何等神奇的力量，一下子把浑浊的河水变得如此清澈。河水一清到底，能看到水底有些臃肿的草根，嵌在黑泥里的白蛤蜊片，谁扔在水里的半块儿生红薯，还有天上的朵朵云彩等。方喜明一到水边，就把映在水中的自己的脸看到了。自己的脸长在自己头上，按理说，她对自己的脸应该最熟悉。可不知为什么，她每次看到自己的脸，都觉得有些陌生似的，想看，又不敢多看，好像多看一眼就有些不好意思。在她静静地看自己的时候，一些小鱼游了过来，在她“脸上”游来游去。西边的阳光透过水面，照在小鱼身上，小鱼呈现的是斑斓的色彩。小鱼干什么呀！她觉得小鱼这样的表现不是很好，就以手撩水，把小鱼赶跑了，赶到对岸去了。

这条河也是一道分界线，河对岸的河堤就是张楼的河堤。从河堤的外侧往下走，就是张楼生产队的庄稼地。方喜明相信，这条河不是天河，只是一条地河，河不能把她和她的那个人分开。这样想着，她就顺着河向北边望，一眼就望到了那座小桥。那个小桥不是喜鹊搭起来的，而是用石头砌成的，结实得很。那天晚上，她和那个人的约会，就是在那座石桥上，她送给那个人一双鞋，那个人拉了她的手。想到这里，方喜明的心一下子柔软得不行，眼里顿时充满了泪水。

七月七这天，方喜明仍没有想到那个人会不会给她写一封信。人虽然已经长到了十八岁，从一个小姑娘长成了大姑娘，但因她没有收到过别人写给她的信，她自己更没有给任何人写过信，脑子里几乎没什么信的概念。直到中秋节那天，方喜明在路上碰见了孟嫂，孟嫂一上来就问她：张东良走后给你来信了吗？

没有。

这个张东良，他怎么还不给你写信！他走了都有两个多月了吧？

两个月零十九天。

你看你记得多清，有整又有零。你是不是每天都在想他？

谁想他，我才不想他呢！

孟嫂笑了，说：还说不想人家，你看你的脸红成啥了，恐怕比鸡冠子都红。

方喜明不由得摸了一下脸说：嫂子最会笑话人了，你再笑话人，人家就生气了！

这个喜明，都是定过亲的人了，还这样害羞呢！

方喜明愈发害羞地、长长地叫了一声嫂子，说不是。

不是什么，你敢说你不想张东良！

对于张东良这个名字，她在心里隐着藏着，小心翼翼，从不敢叫出口。可嫂子不管不顾，叫了一声又一声。她想让嫂子叫，又不想让嫂子叫。嫂子叫了，好像是替她叫出来的，她一听心里就是一动。她不想让嫂子叫呢，是觉得嫂子叫得太随便了，也太多了，嫂子一叫，她心里就是一疼。她轻轻跺了一下脚，当真生气似的转过脸去。

好好好，嫂子不说了，嫂子跟你孟哥说说，让你哥留点儿心，只要看见张东良给你写来了信，让他马上告诉你。

直到这时，方喜明似乎才醒悟过来，人离开了，互相之间还可以有书信往来。那个人参加工作去了，短时间内不可能回来。可既然他们定了亲，那个人如果没有忘记她，就有可能给她写一封信。她知道，那个人念书多，识字多，写封信不是什么难事。她觉得自己真傻，傻得一点儿气儿都不透，怎么就没想到写信这一层呢！亏得孟嫂提醒她，给了她一个盼头，不然的话，她每天看天天高，看地地远，看云云起，看水水流，一颗跳荡不止的心真不知往哪里放。方喜明还知道，她所在的大队包括五个生产队，也就是五个村。外面的人来了信，公社邮电所的邮递员只把信件送到大队部，由常在大队部值班的大队会计把信件全部接收下来，然后趁各村的干部到大队开会时，大队会计把信件分发给各村的干部，让他们捎给村里的收信人。大队会计不是别人，正是孟嫂的男人孟庆祥。

此后，方喜明到孟嫂家去得多一些，她所在的村庄叫方庄，方庄不是很大，只有几十户人家。在军阀混战的民国年间，方庄的寨墙被凶恶的土匪队伍打开过，庄子里的男女老少几乎被杀得一个不留。方庄现在的住户都是从周边的村庄迁移过来的，等于为方庄在人口上填补了空白。方庄的人口既然是重组，赵钱孙李，姓氏就比较杂。方喜明一家虽说姓方，却不是方庄的原住民，他们是从东边的方营迁过来的。迁过来的第一代是爷爷和奶奶，到她这一代是第三代。在地里没活儿的时候，方喜明手里拿着针线活儿，一转一转，就转到孟嫂家里去了。头天晚上下了雨，呼雷闪电的，下得还不小。第二天上午，雨还在下着，只是下得已经很小，零一下子，星一下子，下与不下差不多。大雨小雨都是秋雨，雨水带来的寒气一波比一波透衣。方喜明去孟嫂家时，里面穿了一件长袖的单衣，外面还披了一件夹衣。不知怎么养成的穿衣习惯，他们这里的人习惯披衣服。衣服本来有袖子，他们的胳膊却不穿在袖子里，就那么往肩膀上一披。不管是秋天，还是冬天，都有人披衣服。人在干活儿的时候，绝不可以披着衣服，要是披着衣服，就不像干活儿的样子。这样对比起来，披衣服似乎与休闲连在了一起，人显得轻松一些。

孟嫂正在家里吵孩子，吵得雷一声，电一声。见喜明来了，她就不吵了，对喜明笑脸相迎。孟嫂心里明白喜明为何淋着小雨到她家里来，因她问过张东良给喜明来信没有，喜明就上了心，就惦记上了张东良的信。还因为外面来的信都是先从她男人手上过，她男人离信近一些，她离她男人近一些，喜明就想跟她走得近一些。归根结底，喜明还是为了信，要是张东良给她来了信，她想及时得到信息，收到信。孟嫂能够理解喜明的心情，这些定了亲的女儿家啊，定了亲就有了心思，谁能不想郎呢？但孟嫂不能把喜明的心思说破，一说破喜明就不好意思再到她家里来了。她们说昨夜的大雨，说喜明手里正在纳的鞋底子，说孟嫂的两个不听话的孩子。孟嫂家门口两侧各栽有一棵石榴树，石榴树上的石榴都摘去了，剩下的都是树叶。夜里的大雨，把树上的叶子打落不少，叶子还在树上时，不见得有多少黄叶子，可一旦被雨水打落在地上时，树下的地上落的大都是黄叶子。黄叶子落在湿地上显得有些漂亮，像细碎的金箔一样。喜明对孟嫂说：这些发黄的石榴叶子真好看！

你孟哥也说好看，他说等地干了，也不要把石榴叶子扫掉。

只要在孟嫂家，总会说到孟哥。是孟嫂先说到孟哥的，她接着说孟哥就是顺嘴话，她问孟哥是不是又到大队部里去了。

吃过早饭撂下饭碗就去了，说是公社驻咱们大队的干部要在今天上午召开全大队各生产队的干部会议。一下雨就开会，一下雪也开会，开会开会，不知道有啥开头儿。开得你孟哥跟不着窝儿的兔子一样，家里啥事儿都指望不上他！

只要说到孟哥，不管孟嫂说什么，方喜明都爱听，谁让那个人跟孟哥是好朋友呢！两个人既然是好朋友，脾气应该比较相投，说话能说成一块儿。现在两个好朋友分开了，说不定他们之间也会互相想念。那个人没给她写信，会不会给孟哥写信呢？两个人都是会写信的人，那个人给孟哥写一封信是完全可能的。方喜明不敢问孟嫂，那个人是不是给孟哥写了信，只替孟哥说好话：孟哥是有文化的人，有本事的人，大队离不开他呗！

成天价扒拉算盘珠子，那叫什么本事。要说有本事，依我看，你们家的张东良才是真有本事呢！

念头绕不过，人就绕不过。由孟哥引出了张东良，孟嫂又把张东良说到了。让方喜明没有想到的是，孟嫂在说到张东良时，还把张东良说成“你们家的”，这可怎么得了！方喜明顿时满脸红透，又不知说什么好了。

在来信不来信的问题上，方喜明还保持着耐心，孟嫂却好像没有了耐心，当方喜明再次来到孟嫂家时，孟嫂一开口就对她说：我天天问你孟哥，张东良为啥还不给喜明来信，你孟哥说他也不知道。

来不来信都没啥，他可能没顾上呗！

他不给你写信，你可以先给他写一封嘛，你也上过学，不是也识字嘛！

我哪里会写什么信，我一共才上过四年学，认识的那几个字，早就不知道忘到哪里去了。

你不想给他写信也可以，就拿上小包袱，坐上汽车找他去，当面问问他，走了这么长时间，为啥不给你写封信！

方喜明摇头，说那我可不敢。

那有什么不敢的，你跟他定过亲了，已经是他的人了，当然可以去找他。说到这里，孟嫂的样子变得有些神秘，还有些调皮，她压低声音问：喜明，我听别人说，张东良去参加工作走的头天晚上，他跟你在小桥上有个约会，约会的时候，他那个你了吗？

那个是哪个？哪个才是那个？喜明似乎懂得嫂子问话的意思，但又不敢懂，有些懵懵懂懂。她的脸红了又红，说嫂子，你说的是啥呀？

我说的啥，难道你不明白吗？这个喜明，你是真糊涂，还是故意跟嫂子装糊涂？

方喜明当然不会忘记，那个人在那天晚上握了一下她的手，握得还很有劲，她手上忽地就出了一层汗。她不知道，这个算不算嫂子所说的那个，要是握手也算那个的话，方喜明连这样的那个也不敢说。她说嫂子，你不知道你妹子是个实心的人吗！

心实的人才灵透，我看妹子灵透着呢！妹子不想说，就不说，就当嫂子啥话都没问。

我说了也没啥，那天晚上那个啥个那个都没有。

真的呀，张东良真是个大傻瓜！

孟嫂把话说到这样的程度，方喜明就不敢轻易再到孟嫂家里去了。

说事情来得突然，也不算突然，因为方喜明对有的事情盼望已久，心里早有准备。这件事情的到来说成终于比较合适，因为方喜明等啊盼啊，终于把事情盼来了。

这天傍晚收工后，方喜明正在家里洗红薯，切红薯，准备烧红薯茶，孟嫂的大女儿手里举着一封信向方喜明家跑来，小姑娘一跑进方喜明家的院子，就喊着说：喜明姑姑，喜明姑姑，有你的信，俺爹俺娘让我赶快给你送来！

我的天哪，那个人总算来信了！方喜明一听，马上放下没切完的红薯，从灶屋里迎了出来。她伸手欲接信，又发现自己的手是湿的，就赶紧在围裙上擦手。她把手擦了一遍又一遍，确认自己的手一点儿都不湿了，才从小姑娘手里把信接过来。接信时，她舍不得捏到信封的中间，只捏到信封的一个角，仿佛捏到信封中间会把里面的信捏疼似的。拿到信后，方喜明的心跳得很厉害，一怦又一怦，从心上一直跳到手指头肚子上。不光手指头在跳，信封里面的信好像也在跳。方喜明不烧红薯茶了，解下围裙，从灶屋转到了堂屋。

娘还在灶屋里准备烧火，看到喜明收到了信，她也替女儿高兴。女儿的心思娘知道，女儿动不动就往孟嫂家里去，盼的不就是远方的来信嘛！今天总算把信盼来了，不知女儿有多高兴呢！娘跟到堂屋问喜明：是不是张楼的那个人给你来信了？

喜明不想让娘知道，说我也不知道。

你不知道我知道，不是那个人给你写信又能是谁呢？

不知道，就是不知道。

娘跟女儿说笑话：你这闺女呀，接到信像是被火燎着了一样，就是存不住气。好了，做晚饭的事儿你不用管了，赶快看你的信去吧。

过了寒露到霜降，白天一天比一天短，夜晚一夜比一夜长。到每家开始生火做晚饭的时候，天已经黑下来，灶屋里发出的都是灶膛里红红的火光。来到堂屋里，方喜明本打算点上煤油灯开始看信，但她擦亮火柴后，突然有些走神，眼看火柴燃起的一朵火要烧到她的手，她还没有找到煤油灯。她把火柴吹灭，不打算在家里看信了，把信装进口袋里，向院子外面走去。她要是在家里看信，家里人不但会看到她看信的样子，说不定还想知道信的内容，信是属于她一个人的，跟她胸腔子里的那颗心差不多。她不想让任何人知道信的内容，连她看信时的样子也不想让人看到。出了院子，她走到自家屋子后面的一个水塘边去了。天是黑下来了，能闻见村子里浓浓的炊烟味儿，却看不见炊烟的颜色。方喜明知道，天都是刚黑下来的时候显得黑，过上一会儿，等月光洒下来，星光开始闪烁，天黑得就不会那么结实了。水塘那边就是生产队里的庄稼地，地里的秋庄稼收去了，已经种上了冬小麦。方喜明把信封从口袋里掏出来，对在眼上看。因心里事先有自己的名字，尽管夜色朦胧，她还是在信封上把自己的名字看到了，一点儿都不错，是方喜明三个字。看到自己的名字后，她第一次觉得自己的名字很不错，喜不错，明也不错。她的名字，经那个人的手一写，像添了彩一样，更加不错。名字后面没有什么称呼，只有一个收字。这没关系，连她自己都不知道怎样称呼自己，那个人就更没法儿称呼她。信封是用牛皮纸制成的，下面印着某某矿务局某某煤矿革命委员会的字样。方喜明把信封摸了摸，觉得信封的两头儿都封得很严密，她不知从哪头儿拆才能把信封拆开。她不想撕信封，担心撕信封时会把里面的信纸撕破，那个人是怎样把信封封上的，她最好怎样把信封拆开。谁家的羊叫了两声，还传来了拉风箱的呱嗒声，方喜明从信封的一角，果然一点一点把信封揭开了。她把一根手指伸进信封里一探，就把里面的信纸探到了。她没有马上把信抽出来，信的内容作为一个悬念，她想把悬念再稍稍保留一会儿。那个人会给她写些什么呢？他会不会写一写他在地底下挖煤的事情呢？他会不会说说他身体的状况呢？他会不会表达一下对她的思念呢？他会不会告诉她到春节时是不是回来过年呢？……

夜下来了，月亮升起来了。别看月亮只有半块，洒下来的月光好像并没有减半，跟整个月亮的亮度是一样的。月光照在水塘边的芦花上，大团的芦花似乎比白天白得还要大。月光照在水塘那边的麦田里，能看到田里新生的麦苗儿分成了行，一行又一行。就着月光，方喜明把那个人写给她的信看到了，她看得有些失望，还有一些想哭。她把信看了一遍又一遍，还是有些失望，有些想哭。信纸只有一张，信的内容只有一句话：我希望能看到一封你的亲笔信。她天天想，日日盼，盼望那个识字多的人能给她来一封信。信终于盼来了，就是这么一封信，就是这么一句话。这能算一封信吗？这是一封什么样的信呢？那个人说是希望，实际上提的是一个要求，要求她给那个人回一封亲笔信。方喜明打了一个寒噤，想到那个人这句话背后的意思是在怀疑她，怀疑她到底识不识字，会不会拿起笔来写一封信。怀疑就不是相信，怀疑的口气总是冷冰冰的，怀疑的文字也是拒人的，能拒人于千里之外。

家里的晚饭做好了，方喜明的弟弟到屋后喊大姐回家吃饭。

方喜明说：我今天不饿，不想吃了。你们先吃吧，不用等我。

天上星星不少，每一颗星都像是寒星，望一眼都足以让人身上起鸡皮疙瘩。娘又到屋后喊喜明回家吃饭，娘走得静悄悄的，一直走到水塘边的喜明身边，才说：喜明，回家吃饭吧。

我说了不饿，不饿就是不饿！

天冷了，霜该下来了，老站在外边，会冻着的。

冻不死我！

你这闺女今天这是怎么了？张楼的那个人在信里跟你说什么了？

什么都没说！

什么都不说，那他给你写信干什么？

娘，你别问了好不好！

那孩子该不是变心了吧？

变心？这叫什么话！方喜明抗议似的又叫了一声娘：你胡说什么，再胡说我就生气了！

好了，娘啥都不说了，跟娘一块儿回家吧。你要是不回家，娘就在这里陪你站着。

烦人不烦人哪！喜明这才跟娘一块儿回家去了。

要不要给那个人回信呢？信是一定要回的。那个人要求她写亲笔信，等于在对她进行一场考试，不管考试能不能及格，她都不能放弃，都要接受考试。方喜明会纺线，会织布，会绣花子，描云子，但她从没有写过信，也从没有想到过这一辈子还要写信。写信不能当饭吃，也不能当衣穿，干吗要写信呢！信不信的，和她这个识字很少的人有什么关系呢！现在她才知道了，人生在世，不光是干完家里活儿，干地里活儿，不光是吃饭、穿衣，还要做点儿别的。比如说，人在一起，就要说说话，不说话就说不过去。人不在一起呢，就要互相通通信，不通信就不合常理。在没收到那个人的信时，她每天都有些着急，好像整个人都是为等一封信活着，收不到信，活得就不踏实。现在终于把信盼到了，起码证明那个人没有忘记她。有来，就要有回。不回信，就算输理。输理的事她万万不能做。写信对方喜明来说是很难，但纵有千难万难，她千方百计也要克服困难，把信写出来。

方喜明去镇上卖了几斤红薯片子，换回三角零七分钱，她把钱包在一块被叫做驴皮布的粗布手巾里，到邮电所里买了信纸、信封，还有八分钱一张的小小邮票。方喜明记得听人说过，写信不能用铅笔，最好是用钢笔。她弟弟还上小学，用的就是铅笔。要是能用铅笔写信的话，她借用一下弟弟的铅笔就可以了。用铅笔写字的方便之处在于，如果把字写错了，可以用橡皮擦掉重写。也许正是因为铅笔写的字可以擦掉，时间长了字迹也容易淡化，人们才不用铅笔写信。而钢笔太贵了，方喜明不知道要卖多少斤粮食，才能买得起一支钢笔。村里有钢笔的人是有的，孟庆祥孟哥的上衣口袋里就成天别着一支钢笔。方喜明知道，村里有的人家收到了信，大都是请孟哥给念一念，然后再请孟哥给代写一封回信。她不会请孟哥替她写信，只打算借孟哥的钢笔用一用。

在给那个人写回信的时候，方喜明也不想让家里人看见。这天半夜里，她等家里的人都睡着了，才悄悄爬起来，到堂屋的屋当门，点上煤油灯，开始趴在桌边写信。信纸在桌上铺好了，钢笔也拿起来了，她却不知道写什么。她看看笔尖，笔尖也看看她，彼此似乎都有些陌生。她看看灯头，灯头也看看她。她跟灯头倒是很熟悉，可灯头不但一点儿都帮不上她的忙，还摇头晃脑的，像是在笑话她。她觉得有千言要讲，不知讲哪一句更合适。她觉得有万语要说，也不知哪一句可以写在纸上。面对钢笔和纸张，方喜明像是突然明白了一个道理，原来人说话和写在纸上的字是不一样的。说话像落叶，一阵风就把叶子吹走了。写在纸上的字是有根的，一扎就把根扎深了。说话像刮风，风刮过无影无踪。写在纸上的字像石头，石头可以永远保存下来。在纸上写信可真难哪！做一个人可真难哪！

外面是阴天，天黑得像墨一样。后半夜起了北风，风还不小，把院子里的桐树和椿树刮得呼呼响，把树上最后的叶子都吹落了。有一片桐树叶子，大概被风吹落后又被风旋起，啪地贴在门缝上，把方喜明吓得一惊。

天将明时，方喜明总算想起了一句话。那个人给她写了一句话，她给那个人的回信也是一句话。她觉得这句话比较合适，甚至让她有些激动。话一写到纸上，仿佛立即扎下了根，并很快变成了石头。

她一字一字写下的回信是：你放心，松树落叶我都不会变心。

原载《上海文学》2021 年第 6 期

表哥

表哥的故事是现成的，我不想给他添枝加叶，打算照原样子把他搬进小说。把这样的小说说成散文化小说，或纪实小说，也可以。我早就注意到了，作家的年纪越大，所写的东西就越实。这是因为，随着人的寿命增高，生命力、想象力和虚构能力会逐步降低，这是没办法逆转的事。好在人的岁数大了，经历广了，阅历多了，脑子里的存货也会丰富一些，不至于在短时间内把家底掏光。

我计划把这篇小说写得短一些，字数控制在六千字以内。最近我发现，自己连着写的几篇短篇小说都不太短。能把小说写长是一种能力，能把小说写短，也是一种能力。两相比较，方寸之间见功夫，写短比写长似乎更难一些。通过这篇小说，我要看看自己短制的能力是否还存在。

我现在写东西放慢了速度，写完一篇也不急于发表，甚至发不发表都没什么。在人生过程中还保持着能够劳动的过程，足以让我感到满足。

我的表哥有姑表哥、舅表哥、姨表哥，还有姑奶奶、舅爷、姨奶奶家的表哥，恐怕有几十个。连我自己都数不清我到底有多少个表哥。我今天按下别的表哥不表，只表一表我姨奶奶家的一位表哥。我奶奶姓宋，表哥的奶奶也姓宋，我奶奶和他奶奶是亲姐妹，我当然应该叫他一声表哥。我们那里的俗话说，一辈亲，两辈表，三辈过了算拉倒（原话不是这么说的，因原话比较粗俗，见不得字面，我按其意改造了一下）。我和这位表哥属于第三辈的表兄弟，亲戚关系开始疏淡，处在半拉倒和半没拉倒之间。表哥的名字挺拔，诗意，讲究，我先不说出他的名字，适当的时候再说不迟。

我和表哥的年龄差距较大，我估计他至少比我大二十岁。我第一次见到表哥时，他正在我们村的小学校当老师。小学校的前身，是一座供人们烧香求子的奶奶庙，奶奶庙有三间大殿，东西各两间厢房，庙门口还有旗杆和铸磬。新中国成立后，奶奶庙不时兴了，不吃香了，就改成了教小孩子们识字念书的小学校。出生于 1946 年的我大姐，成了小学校的第一批学生。大姐比我大五岁，在大姐上学的时候，我还是一个刚学会走路的小屁孩儿，没资格走进学堂。可是有一天午后，定是我缠着大姐不松手，大姐竟把我带到学校里去了。大姐的同学们都坐在长条板凳上，我却蹬鼻子上脸似的坐到了大姐面前的课桌上。上课铃响过，我感到教室里肃静下来，仍赖在课桌上不下来。大姐对我说：快下来，老师来了！我扭过头一看，果然看见一个男老师，手持教鞭，已经站到了讲台上。老师的个子高高的，眉毛很黑，两眼放光，表情相当严厉。老师的样子让我有些害怕，我赶紧从大姐的课桌上出溜下来。老师点了我大姐的学名，批评了我大姐，要求我大姐以后不要带小孩子到学校里来。大姐虚心接受老师的批评，答应马上送我回家。我不敢再犯犟，被大姐拖得趺趺撞撞，拖回家交给了我爷爷。

在此之前和之后好长一段时间，我都不知道这个老师是我的表哥，只知道他是大姐的老师。出于师道尊严的需要，他好像也只愿意承认他是我大姐的老师，不愿意承认他是我们的表哥。在我小时候的记忆里，他虽说在我们村当老师教书，却从没有去过我们家。

表哥出事后，我才知道了他是我的表哥。表哥出的事是风流韵事。要把表哥出的事说清楚，须从他的女同事说起。全校只有两个老师，一个男老师，一个女老师。男老师是我的表哥，女老师是表哥的同事，唯一的同事。女老师姓刘，是我们村一家姓范的儿媳妇。女老师的丈夫是财主家的儿子，年纪轻轻的就死了。多次听我母亲讲过，女老师的丈夫吃亏就吃在识字上，坏就坏在喜欢看报纸上。他不断从报纸上看到国家的形势要变，剥削阶级要受到清算，便成天价担惊受怕，惶惶不可终日。加上他患有痨病，他们家一被划上地主成分，他很快就死掉了。丈夫一死，女老师就成了寡妇，年轻的寡妇。学校自成一体，是村外一个单独的所在，校园里栽有桃树、梨树，春来时桃花开了梨花开，桃花那个红来梨花那个白。环绕校园周边的是潺潺的流水，水底种的有莲藕。一到夏天，莲花就开了，一朵高来一朵低，一朵更比一朵红。在奶奶庙时期，这里是清静的地方，只有在下雪天，庙里才会传出那位讲道的老道人所吹的横笛声。变成学校之后，这里变得热闹起来，孩子们的读书声、唱歌声，还有课间的打闹声，吓得鸦雀都不敢落下来。不过放学之后，校园里又清静下来，整个学校里只剩下两个在灯下批改作业的老师。学校里只有一盏罩子灯，两个老师只能在同一盏灯下批改作业。两个人偶尔抬起头来，眼睛里映进的是同一盏灯。时间长了，一个美男，一个寡女，两个人就好上了。

两个人偷偷好就好吧，只要女方不怀孕，村里人不一定会知晓。好比男女之间的相好是精神性的，别人看不见，摸不着。而一旦女的怀了孕呢，就有了物质性，偷情就有了证据。那时候男女私下里交往，就怕女方怀孕，一怀孕就不得了，不但纸里包不住火，火往往还会把纸烧破。怕什么，来什么，女老师还是怀孕了。怀的孕若是一个倭瓜纽子，他们伸手把瓜纽子拧掉就是了。怀的孕若是一根竹笋，他们用镢头把竹笋刨掉就是了。可胎儿是怀在女人的肚子里，这就有些难办。他们一定勒过、挤过、压过、捣过，采取过不少野蛮办法，企图把孕消除掉。不承想女老师的身孕竟顽强得很，哪里有压迫哪里就有反抗似的，胎儿越长越大，女老师的肚子越鼓越高。

表哥和女老师的私情以女老师怀孕的形态暴露之后，村民们有多种多样的议论。有人说，表哥跟女老师好，是对女老师过早失去丈夫的同情和安慰。有人说，女老师的家庭成分不好，表哥的家庭成分好一些，表哥是乘人之危，欺负人家无依无靠的女老师。还有人说嘿，男的长得那么英俊，女的长得那么漂亮，又都那么年纪轻轻，正是互相吸引、互相需要的时候，出点儿事自然而然，一点儿事儿不出，那才叫怪呢！想听笑话的人提出另外的疑问：学校里连一张床都没有，男老师和女老师在什么地方好呢？对于这样的疑问，稍有男女生活常识的人都不屑于回答，他们心说，鸟在天上好，蚂蚱在草丛里好，鱼在水里好，男人和女人只要想好，在哪里都可以好，什么困难都阻挡不住。有人见想听笑话的人满脸渴望，还是简单作了回答，说你傻呀？你是假傻，还是真傻？要是真傻的话，回家去问问你爸你妈。听了这样的回答，问话的人没笑出来，倒把周围围观的人笑得哗哗的。

事情闹到这个地步，村干部怎么看？怎么办？他们认为，当老师的这样伤风败俗，怎么能为人师表呢，怎么能教好学生呢？村干部的处理办法是，把男老师和女老师一并开除，永不续用。学校里一共只有两个老师，没有了老师，学校还怎么办下去呢？办不下去，就不办，把学生娃子解散不就得了。村里祖祖辈辈从没有办过学校，日子不是照样过嘛！

大姐很爱学习，很想继续上学。但老师没有了，学校停办了，她去哪里上学呢？结果，大姐只上到小学三年级就辍学了。大姐说过，她很喜欢刘老师，刘老师不仅教他们读书、写字，还教他们唱歌、画画儿。刘老师画莲花画得特别好，拿粉笔在黑板上画，不一会儿就画出了一朵白莲花，可好看呢！

女老师把孩子生了下来，是一个女婴。女老师很喜欢她的孩子，天天对着孩子流泪。孩子刚满月，她就自尽了（可怜的女老师，不忍写她的自尽方式）。

谁种下的苦果谁吃，表哥只得把女婴抱回自己家，交给表嫂喂养。

表哥是家里的独子，表哥很希望表嫂能为他们家多生几个儿子，把棵子发起来，让门头兴旺起来。可不知怎么回事，表嫂在生下一个女孩儿后，就没有再生育。表嫂不但没生出男孩儿，连女孩儿也不生了。表嫂对表哥心怀愧疚，当他得知表哥跟女老师好上了，致使女老师怀上了孩子，她不但一点儿都不生气，还偷偷在家里烧香，祈愿女老师能生一个男孩儿，为表哥家传宗接代。当表嫂看到表哥抱回的是一个女婴时，虽说稍稍有些失望，却对女婴一点儿都不排斥，像喂养自己的亲生女儿一样喂养女婴。

有一年春节期间，母亲带我去表哥家走亲戚，给已经过世的姨奶奶烧纸。姨奶奶的儿子还活着，母亲让我喊他表大爷。表大爷是单传，表哥是单传，到了表哥的下一辈，连单传也不传了。这让表大爷老是闷闷不乐，暮气沉沉，显得十分苍老。在表哥家里，我第一次看到了表嫂。表嫂光额，大脸，脸盘子像一轮满月般明亮。表嫂圆圆的发髻盘在脑后，装在红丝线缚口的丝网里，发髻上别着一支翠簪。却有一缕头发分出来，弯弯的，垂在耳边，使得表嫂的端庄中有了一种别样的风情。表嫂把家里两个女孩子喊过来，让她们喊我表叔。我当时十来岁的样子，第一次听到别人喊我表叔。表叔也是叔辈，听到两个比我小不了多少的女孩子喊我表叔，我几乎有些害羞。两个女孩子都穿着过年的新衣服，一个比一个长得好看。我知道，表嫂亲生的孩子大一点，表哥和女老师私生的孩子小一点，前者是姐姐，后者是妹妹。姐姐带着妹妹，又到院子里玩去了。姐姐喊妹妹时，我听见妹妹的名字叫念念。念念作为一个女孩子的名字，在农村是很少听到的。我猜想，这样的名字一定是当老师的表哥为他女儿起的，用心不言自明。

因为我知道念念不一般的来历，在看两个女孩子在院子里玩耍时，我注意念念多一些。那时我还不太理解自己，不知道自己为何对念念投入了那么多的注意，而对念念的姐姐似乎有些忽视。长大以后回想起来，我才对自己的隐秘心理稍稍有所明白，人总是愿意注意那些有故事背景的人，对那些没什么故事背景的人往往容易忽视。或者说，人总是有兴趣观察少数有着非正常来历的人，对大多数一切正常的人不知不觉间就放了过去。有着不一般来历的孩子总是敏感一些，念念大概发现了我在注意她，在姐姐耳边说了几句悄悄话，就拉着姐姐到院子外面去了。

到中午快吃午饭的时候，表哥推着自行车从外面回来了。表哥被我们村的学校开除之后，又应聘到别村的学校教书去了。表哥虽生在农村，却一直不喜欢种地，只喜欢教书，好像他生来就是一个教书的人。在放寒假和春节期间，他也不愿意在家里待着，每天都骑着自行车外出，家里人都不知道他去哪里。当时乡村能拥有一辆自行车的人极少极少，比现在拥有一辆小轿车还难得多，少得多。据我所知，我们整个刘楼村，没有一户人家能买得起一辆自行车。在表哥所在的小李庄，也只有表哥一个人有一辆自行车。自行车标志着表哥在乡下的优越地位。表哥穿着带四个兜的蓝卡其棉中山装，左上侧的口袋里别着带银色圆珠卡子的钢笔。表哥长相最突出的特点，不是他的浓密的黑眉毛，而是他的高鼻梁。以高鼻梁为制高点，似乎整个脸型都是以制高点为统领，并为制高点起着烘托作用。表哥的脸不是国字的脸型，像是美字的脸型，这样的脸看上去有一些洋气，与当地人的脸型有着明显的不同。我叫了表哥刘孩儿哥（表哥本姓李，小名却姓刘，叫刘孩儿。这是因为刘和留同音，父母为他起名刘孩儿，是留住他的意思），他没有叫我表弟，叫了我全名全姓的学名。这样一来，等于他把自己放在老师的位置，而把我放在学生的位置，一下子就和我拉开了距离。表哥的神情很是自尊，好像还有那么一点傲气。按当时的道理来说，他是一个曾经搞婚外男女关系的人，是一个犯过作风错误的人，应该收敛一些，夹起尾巴做人才是，他凭什么一点儿都不服气呢，凭什么还那么自信呢！再从家庭成分来说，他家是上中农，并不在贫下中农之列，并不是革命的依靠对象，有什么资格牛气哄哄呢！

1958 年“大跃进”期间，我们村重新办起了小学。

因找不到合适的人当老师，有人提议把我的表哥再请回来当老师。不知是何原因，被我表哥拒绝了。实在没办法，村干部把村里的人头扒来扒去，只能让一个只上过两年私塾的我的堂叔给我们当老师。从内心讲，我并不希望表哥当我的老师。这并不是因为表哥犯过男女关系方面的错误，我对那位女老师没有一点印象，当时还不懂人类感情的复杂性，也不会从道德上判断问题，而是觉得表哥似乎不愿承认我们两家的亲戚关系，他对我一点儿都不亲。从小到大，直到我离开家乡到外地参加工作，我们表兄弟之间几乎没什么交往。

初中毕业后有一年春天，我在老家实在太憋闷了，母亲就安排我走一趟姥娘家，散散心。姥娘家离我们家有三百多里，我们兄弟姐妹从没有到姥娘家去过。我们家到姥娘家不通汽车，要是步行的话，路上恐怕要走三四天。母亲知道表哥有一辆自行车，就去表哥家把自行车给我借了回来。母亲不会骑自行车，她是把自行车推回我们家的。骑自行车快多了，我骑了两天，就到了开封附近的姥娘家。到姥娘家，我见到了大舅、三舅、五舅和大姨等母系的亲人，眼泪掉了一次又一次，付出了很多感情。关于走姥娘家的过程，我曾写过一篇中篇小说，题目就叫作《姥娘家》，这里就不多说了。从姥娘家回来后，我应该把自行车送还给表哥，当面对表哥说一声谢谢。可我没有那样做，还是由母亲推着自行车，走了好几里路，把自行车还给了表哥。

没能等到孙子的表大爷，在绝望中死了。一辈子没能生出儿子的表嫂也死了。两个闺女先后出嫁了，家里后来只剩下表哥一个人。别人家的房子翻盖了一次又一次，只有表哥家的房子没有翻盖过，还保留着表大爷在世时的老样子，是村里最破败的房子。所有的人家翻盖房子，都是为儿子翻盖的，或是为孙子翻盖的，表哥既没有儿子，更没有孙子，他哪里有什么心劲儿翻盖房子呢！

表哥最后的日子，是二闺女李念念把他接走，在念念家里度过的。念念早就知道了自己的身世，感恩爸爸给了她生命，她对爸爸知冷知热，端吃端喝，把爸爸伺候得很好。在一年清明节的前一天，表哥对念念说：我这一辈子只对不起一个人，啥时候想起来都要难受半天。

念念说：我知道，您说的是我妈。我不知道我妈长啥样，您有我妈的照片吗？

没有。那时候乡下没有照相的条件。

那，您知道我妈的坟在哪里吗？

这个我倒知道。

您带我去看看我妈可以吗？我想去给她烧点纸。

表哥在轮椅上坐着，说：你看我这个样子，连路都不能走，怎么带你去呢！

这不是障碍，我推着您去。

念念推着坐在轮椅上的表哥，走了十多里路，才来到了我们村的西南地。这年春天，在麦子打泡儿时下了一场严霜，把麦子打死了。为了弥补一季的收成，不少人家犁掉了小麦，赶种了一茬速成的荞麦。荞麦的秆子是红的，上面开的花儿却是白的，看去遍地都是白花。在表哥的指引下，念念推着坐在轮椅上的表哥，来到了一块荞麦地里。表哥在荞麦地里看来看去，没有找到念念妈妈的坟。表哥说：以前我多次来看过，我记得你妈妈的坟就在这里，怎么没有了呢？是不是分田到户之后被别人平掉了呢？

念念问：您肯定没记错吗？

表哥看看天，看看地，又看看村庄和河堤，像是确定了一下方位，说：不会错，你妈就是埋在这里。你妈虽说埋在这里，跟埋在我心里也差不多，我不可能记错。

念念带来的提篮里除了有化钱的黄纸，还有白馍、苹果、刀头肉等供品。念念把供品摆在荞麦棵子之间的一块空地上，把纸点燃，跪在地上磕了三个头，开始跟妈妈说话：妈，妈妈，我是念念，您还记得我吗？妈妈，我的亲妈妈，我的苦命的妈妈，我到现在才来看您，女儿对不起您啊……念念说着说着，就伏地痛哭起来。

表哥仰脸望着天空，泪流满面。

荞麦的秆子是红的，上面开的花儿却是白的，看去遍地都是白花。

女教师的名字叫刘纪英，表哥的名字叫李松亭。

原载《中国作家》2022 年第 6 期

女同事

干一辈子工作的人，会先后有许多同事，有男同事，也有女同事。随着时间水一样逝去，多数同事早已被淡忘得无影无踪，不可寻觅。却有少数同事，清晰的形象不时在脑子里闪回，让人难以忘怀。既然老也忘不掉，总有其原因，有值得回忆的地方。作为一个长期从事写作的人，我难免在自己的记忆里找来找去找人物，讨来讨去讨生活。当有的同事在我的回忆中一而再、再而三地不请自来时，把他们排除在外，忽略不计，是不是有些舍熟求生呢？是不是有些可惜呢？

好吧，我这次就写一写我的同事，一位多年以前的女同事，她的名字叫汪莹丽。

我第一次见到汪莹丽时，她还是一个刚从农场回到矿区的知识青年。那时我从农村到煤矿参加工作不久，正在支架厂里当工人。支架厂是新建的厂子，就地挖坑采石头，用地炉烧水泥，打成钢筋水泥支架，运到井下代替木头支架支护巷道。厂里只有一个茶炉房，干部和工人们喝开水，都是提着水壶或暖水瓶到茶炉房里去接。定时供应生水的一只水龙头，也是安在茶炉房里。厂里有的女工，会端着自己的搪瓷盆去那里接水洗衣服。我就是有一次在排队等着接开水时看到汪莹丽的，当时她正端着多半盆子泡着衣服的清水，从茶炉房里往外走。厂里的女工不多，我知道所有女工的名字。这个女青年是谁呢，我以前怎么从来没见过她呢？

女青年大概感觉到排队等着打开水的人都在看她，她低着眉，谁都不看，只看着自己盆里的清水，一径向外走去。都处在青春阶段，男青年对女青年是敏感的，我很想知道这个女青年是谁。我很快就从工友们口里知道了，她叫汪莹丽，跟她妈一起住在工厂后面的家属区里。矿务局有一些被打成“走资派”的老干部，还有一些被认为政治上有问题的人，在厂里进行劳动改造。汪莹丽的妈妈是在抗战期间投身革命的老干部，不知是何原因，也从矿务局机关下放到我们厂，放在劳动改造之列。那两年，矿区职工子女下乡插队或去农场锻炼告一段落，开始被分期分批招回矿区参加工作。汪莹丽参加工作不在我们厂，她被分配到矿务局党校当讲解员。党校里办有阶级教育展览馆，展览模仿四川《收租院》的泥塑形式，塑造的是旧社会的矿工在地狱般的井下受苦受难的形象，以对现在的矿工进行阶级教育。汪莹丽的老家在河北，可能因为他们家的人说话跟普通话比较接近，汪莹丽的普通话说得好一些，就得到了一份只动嘴就可以挣工资的工作。她当讲解员，不算是当干部，但与从事体力劳动的普通工人又有区别，当时有一个说法叫以工代干，说是有些人是工人身份，做的是干部的工作。汪莹丽等于一参加工作就跨越了体力劳动阶段，在向脑力劳动者靠拢。汪莹丽初中毕业于矿务局中学，有不少男同学和女同学。她的那些同学绝大部分被分配到矿上或厂里的基层单位当工人，只有她和极少数的同学走进了矿务局的“上层建筑”，从事以工代干的工作。这样她就与同学们拉开了距离，体现出她所处地位的优越。

我对汪莹丽加深了印象，源自她对我的一次拒绝。不是拒绝别的，是她拒绝让我看一场电影。我有一位老乡，在矿务局电影队当放映员。有一天下午老乡悄悄告诉我，晚上要在矿务局党校的小礼堂放一场用于内部批判的电影，电影的名字叫《早春二月》。当时的文艺生活单调得很，不是看样板戏，就是翻来覆去看那几部老掉牙的黑白电影。矿务局机关的干部大概也耐不住单调和寂寞，就以批判的名义开小灶，看一些普通观众看不到的电影。我曾听人说过，《早春二月》是一部根据柔石的小说改编的表现爱情生活的电影，由著名电影明星孙道临和谢芳主演，那是相当精彩。这样的电影让人无法拒绝，我渴望能看到这部电影。还没有看到电影，我已经开始准备回头向工友们炫耀，心里稍稍有些激动。天刚黑，我见矿务局的机关干部一个接一个分头向党校走去，他们互相之间不打招呼，更没有成群结队，都是单溜。他们接到的是秘密通知，采取的是秘密行动，都有些神秘。党校大门口是两扇大铁门，右侧的大铁门上还开了一扇小铁门，大铁门关闭了，只开着一次只容一人进身的那扇小铁门。小铁门外面的门灯下立着一个把门的女青年，女青年不是别人，正是汪莹丽。看见她，我心中一喜，想到我见过她，她应该会顺利放我进去。可我刚走到小铁门门口，她手一伸把我拦住了，问我：

你是谁？你不能进！

我向她解释说：我在矿务局政工组帮助工作，帮助筹备即将召开的矿务局共青团代表会议。电影队的放映员是我的老乡，是他让我来的。

那也不行，我不认识你！

我知道看这样的内部电影不是凭票，而是凭脸，汪莹丽不认识我这张脸，我能有什么办法呢！

电影大概快开演了，这时我看见矿务局办公室的周主任匆匆走了过来，他举手对汪莹丽打了一个无声的招呼，向小铁门里迈去。我认识周主任，周主任也认识我，我像是遇到了救星一样，赶紧喊了一声周主任，意思是让周主任跟汪莹丽说一声，放我进去。让我大为失望的是，周主任只回头看了我一下，连一句话都没说，就自顾自地进去了。周主任的表现给我留下了深刻的印象，通过这样一个细节，我就认识了一个人的品性。

看不到电影，我还是不甘心，站在党校门口不愿离去。我对汪莹丽说：你不认识我，我可是认识你，我在支架厂里见过你。

周主任不搭理我，也许更坚定了汪莹丽拒绝我入内的决心，她说：你认识我，我不认识你，你什么都别说了，说什么都没用，我说了不让你进，你就是不能进。

这个汪莹丽，真够死心眼儿的。我说了一句“真遗憾”，就悻悻地走开了。

团代会开过之后，等于瘫痪了多年的团委又重新恢复了共青团的活动。因我参加了团代会的筹备工作，原本可以留在团委当一个干事，可因为我当工人还在试用期内，需要回到原单位转正，定级，就回到了支架厂继续当工人。

煤矿上会挖煤的人总是很多，会动动笔写点儿东西的人总是很少。因为我喜欢在业余时间写点儿小东西，在支架厂的石坑里又打了一年多石头之后，我被调到了矿务局政工组下属的宣传组工作。矿务局有一座新建成的煤矿要投产，宣传组决定创办一份矿工报，对矿井投产作为喜讯加以宣传。办矿工报得有编者，于是宣传组的领导就把我调了过去。此前因恋爱的事，厂里有人说我有小资产阶级思想，把我狠狠整了一通，几乎开除了我的团籍。是宣传组的领导把我从困境中拉了出来，使我从此开始了命运的转折。知恩感恩，多少年来我一直对那位宣传组的组长心存感激。

在编矿工报期间，有一天我收到了汪莹丽寄给矿工报的一篇稿子，是一首短诗。我认识汪莹丽，但我绝不会因为她拒绝让我看电影，就拒绝发她的稿子。相反，我欢迎她给矿工报写稿子。加上她的稿子写得还可以，我马上打电话通知她，准备采用她的稿子。汪莹丽很高兴，多年以后她告诉我，那是她所写的稿子第一次变成了铅字印刷品。给她打电话时，我顺便告诉她我的名字。她说噢噢，知道，知道。我不知道她是怎么知道我的名字的，也许是那次她拒绝让我看电影后向别人打听到的。

过了一段时间，政工组所属的组织组和宣传组分开，成为两个部门，分别叫组织部和宣传部。我当然被分在宣传部，一边继续编矿工报，一边兼搞对外新闻报道工作。党校办的阶级教育展览馆时兴了一阵子，大概该受阶级教育的都受过了一遍，就不大时兴了。展览馆虽说没有关门，但里面矿工受苦受难的连组塑像已无人参观，变得冷冷清清，有些阴森。在这种情况下，没有了讲解任务的汪莹丽就调到了矿务局宣传部，成了我的同事。我毕竟比汪莹丽早到宣传部工作，部长给汪莹丽安排的工作任务，是让她跟着我学习写对外新闻报道。这同时也是部长给我布置的新的工作任务，按当时流行的说法，叫以老带新的“传帮带”。这样一来，我和汪莹丽的同事关系就是一对一的同事关系。我们两个在宣传部见面时，脑子都难免闪起在党校门口关于看电影的那一幕，但谁都不会提起，那一幕像是某个电影镜头一样一闪而过。

蜜蜂采蜜，必须到有花儿的地方去。在煤矿写稿子，也必须到挖煤的地方去。我和汪莹丽，如果老是在宣传部的办公室待着，喝喝茶水看看报，风吹不着，雨淋不着，轻松倒是轻松了，可拿什么写稿子呢？于是，我就时常带着汪莹丽到下面的煤矿去采访。矿务局管着六座煤矿，有的矿在东，有的矿在西。比较近的煤矿离矿务局只有几里路，比较远的煤矿离局机关却有十几里，甚至几十里。我和汪莹丽怎么到矿上去呢？比较近的矿，我们就沿着运煤的公路或运煤的铁道专线走着去。比较远的矿呢，我们只能搭运煤的敞篷大卡车过去。那时的司机属于吃香阶层，都牛得很。我们站在尘土飞扬的路边，往往要招好多次手，才能停下一辆卡车。司机的驾驶室里只能坐一个人，我都是让汪莹丽坐到驾驶室里去，我翻过车帮，站到后面的车斗子里。只要是运煤的卡车，不管车斗子里装没装煤，车一旦跑起来，车斗子里就煤尘飞扬，飞蚊一样打在我脸上。不记得有多少回了，我们只要搭运煤的卡车去矿上，我都像下了一次矿井一样，脸上，耳朵上，脖子里，都沾了一些煤尘。每回下了车，汪莹丽见我脸上沾了煤，都对我不好意思地笑笑，显得有些抱歉。我们去矿上带的东西很少，我背一只褪色的黄军挎，里面装的是笔记本和稿纸。汪莹丽提一只灰色的人造革敞口手提袋，里面装的无非也是采访和写稿所用的文具，反正我从来没有看见她带过洗漱用品和化妆品。矿上那时候没有免费的招待餐，我们在矿上吃饭，都是自己花钱和粮票买饭票，去职工大食堂排队打饭。每次采访结束，我没让汪莹丽写稿子，还是我自己动手写稿子。稿子写完，我顶多让汪莹丽抄写一遍，通过抄写，我让她知道新闻稿子应该怎样写。稿子在报纸发表时，都不署作者的名字，不管谁写的，也不管多少人合写的，只署一个“本报通讯员”就完了。那时写稿一律不付稿费，更不存在稿费分配问题。

说是以老带新，我的岁数并不大，才二十三四岁。我是 1967 届的初中毕业生，汪莹丽是 1969 届的初中毕业生，她比我小两岁，也很年轻。两个青年男女，时常在矿务局机关同出同进，下矿时一路同行，在那个处处充满火药味的斗争年代，别人会不会有什么看法呢？会不会引起别人的议论呢？不会的，我相信不会的。我们二人之间一直保持着恰当的距离，甚至有些互相戒备。根本的原因在于我那时已结婚，是有了妻子的人。我妻子和汪莹丽是什么关系呢？她们是矿务局中学的同学，我妻子比汪莹丽高一年级。而且，她们还一起在矿务局的毛泽东思想宣传队里唱过歌，跳过舞，曾经是宣传队里的同事。从资格上说，她们是煤矿职工的家生女，至少也是煤矿职工的第二代。作为一个从农村被招工进矿的青年，我只是一个后来者，或者说是一个闯入者，先入为主的她们，有资格对我进行审视和评判。还有一个不得不说的原因是，我和妻子的恋爱经历了一些磨难，闹得妻子的同学们都知道了，汪莹丽当然也会知道。汪莹丽极少在我面前提到我妻子，我理解这是她对我的尊重。

“文革”结束恢复高考时，汪莹丽参加了高考。因她上初中时几乎没学到什么东西，知识基础差得太多，没能考上。我没有参加高考，一是我已经有了孩子，二是对高考缺乏自信心。等恢复高考头一年的作文题目出来时，我有点后悔，觉得就那个题目而言，我能写一篇不错的作文，说不定能得高分。还说不定因为作文写得好，我有可能考上某大学的中文系。机不可失，时不再来，机会一旦错过就永远错过了。汪莹丽考大学不成，开始跟着收音机里的电台广播上电大。我没有上电大，我愿意在实践中学习。有人劝我，说上电大可以拿到大学文凭。我没有动心，对拿文凭不感兴趣。再加上我家没有收音机，没有条件天天跟着收音机听课。

汪莹丽岁数不算小了，有人张罗着给她介绍对象。我不知道别人给她介绍了多少个对象，反正她一个都没看上。全矿务局范围内的男青年似乎都不在她找对象的视野范围之内，有人又给她介绍了一个对象，她连跟人家见面都不愿意，说呀，不行不行！某矿团委有一个青年看上了汪莹丽，给汪莹丽写了一封求爱信，趁汪莹丽不在办公室的时候，把信偷偷塞进汪莹丽的办公桌的抽屉里。我和汪莹丽在一个办公室，那个青年往抽屉里塞信的时候被我看见了。汪莹丽办公桌下面的抽屉是上了锁的，但抽屉上面有一点缝隙，那个青年是通过缝隙把信塞进去的。对那个青年的情况我知道一些，他求当团委书记不成，精神受到刺激，出现了精神分裂和不能自制的状况。他的主要表现是以团委书记自居，喜欢参加各种会议，听说哪儿有会议，他早早就到了会场。有些群众性的大会，他参加就参加了，没人管他。有些不该他参加的小范围的会议，他一去会议室，人家就毫不客气地把他赶了出去。除了参加会议，他就提着一只灰色人造革小提兜四处游荡。他多次游荡到我们宣传部的办公室，圆圆的大脸上带着微笑，一待就是半天。等汪莹丽来到办公室时，我告诉她，那个青年往她抽屉里塞了一样东西。汪莹丽了解那个青年的情况，她曾以开玩笑的口气把那个青年喊成书记。也许正是因为她把那个青年喊成了书记，那个青年误以为汪莹丽对他印象不错，就向汪莹丽发起了求爱。汪莹丽打开抽屉，只把求爱信瞅了一眼，就像是受到了莫大侮辱一样，气得脸色发白。她骂了一句神经病，就把信撕成两半，四半，扔进脚边用铁丝编成的废纸篓里去了。她犹不解气，拎起废纸篓向门外走去。我估计她是要把撕碎的求爱信倒进厕所的垃圾堆里去。回过头来，汪莹丽对我说，希望我不要对别人说这件事。我让她尽管放心。

我也曾给汪莹丽介绍过对象。我觉得自己并不善于为别人介绍对象，似乎天生缺少这方面的才能。可眼看汪莹丽的年龄越来越大，眼看她的同学们纷纷结婚并有了孩子，我觉得我有责任为她介绍一个对象。我给她介绍的对象是省日报社工商编辑处的一位姓苏的编辑。我和汪莹丽时常去报社送稿子，我们认识苏编辑，苏编辑也认识我们。苏编辑很有才华，他不仅通讯报道写得好，报告文学也写得极有文采。他父母都在北京的新闻单位供职，他一个人在河南工作。他岁数也不小了，比汪莹丽还大两三岁，不知是何原因，他一直没有结婚。我想把他介绍给汪莹丽是合适的，应该能够符合汪莹丽找对象的标准。我没有直接对苏编辑说，而是通过苏编辑的一个同事，先探听一下苏编辑的意思。我也没有先给汪莹丽说，倘若苏编辑有意跟汪莹丽谈一谈，我再跟汪莹丽说明也不迟。我探听的结果是，苏编辑没对汪莹丽做过任何评价，只说他的父母正准备把他调回北京工作，他就不在河南找对象了。多年之后，调到北京工作的苏编辑因写热点问题报告文学和电视专题片，成了炙手可热的知名作家。这时候，我才对汪莹丽提起这事。汪莹丽说：人家是大地方的人，哪里看得上我们小地方的人呢！

出人意料的是，我比苏编辑还先一步调到了北京。我先是一个人在北京帮助工作，一年后就调到了北京。

虽说调到北京工作，我却没走出煤炭系统，是在煤炭工业部所属的一家《煤矿工人》杂志社当编辑。同时，我妻子和女儿的户口也迁到了北京，我们全家在建国门附近的一个居民小区定居。如此一来，我和汪莹丽多年的同事关系就终结了。

写到这里我突然想起，以前还有一件事我忘了记一笔，请允许我简略补充一下。大约在 1976 年的春天，我被借调到省里的工业学大庆办公室写材料。矿务局宣传部和矿务局党校的部分工作人员临时组成了一个学习小组，要去上海的工厂学习人家组织工人理论小组的经验。学习小组赴上海，须由省里相关部门开具介绍信。他们开不到介绍信，就找我帮忙。我在工业学大庆办公室跟办公室的秘书差不多，开介绍信对我来说轻而易举。我明白矿务局的那帮人打的是学习的幌子，外出旅游才是真。于是我跟他们讲了一个条件，说让我帮助开介绍信可以，我得跟他们一块儿出去学习。他们不能拒绝我，只好同意让我跟他们一路同行。学习小组包括我一共六个人，五男一女，那唯一的女同志就是汪莹丽。在十多天时间里，我们先后去了南京、上海、杭州，还拐到了九江，登上了庐山，玩得十分尽兴。我们从九江乘江轮去武汉时，坐的是夜行船。我喜欢江风春水，夜里一个人抱了被子到舷窗外的甲板上去睡。没人干涉我的出格行为，仰脸躺在甲板上，我看着天上的星光，听着长江水东流的声响，竟想到了“浪漫”这个词，留下了美好难忘的回忆。更让我难忘的是，天将明时，有人从船舱内向外泼洗脸水，一下子泼到了我头上，把我从“浪漫”的睡梦中惊醒过来，顿时变得有些狼狈。这一幕刚好被早起的汪莹丽看到了，此后，每每提及那次旅行，她都会把别人向我泼水的事当笑话说。

接着前面被自己打断的话说，我调到北京工作不久，汪莹丽也离开了矿务局宣传部，通过应聘调到郑州日报社工作。我想，正是因为她在矿务局宣传部期间写稿子打下了底子，积累了经验，才顺利地走上了新的更高级别的新闻工作岗位。

那些年一切都在发生变化，而且是快速变化。比如说，以前各个单位都是一潭死水，在死水里，是鱼你伏着，是龙你也得伏着。变成活水之后呢，龙很快腾起来，鱼也变得活跃起来。再比如说，以前各个单位的工作人员都是一副扑克牌，扑克牌在盒子里装着，早就不洗了。形势的变化使牌重新洗过，重新组合，不管大鬼小鬼，还是小三小四，都在发挥作用。拿我原来所在的矿务局宣传部来说，有的调到市里当某区的区委书记去了，有的下矿当矿长去了，有的给市政府的领导当秘书去了，有的到学校当老师去了，也有的下海做生意去了。只几年时间，我在宣传部共同工作的那帮同事纷纷离开了原单位，各奔东西，各奔前程，走得一个不剩。所谓同事关系，就是工作关系，没有了工作关系，同事关系随之不复存在。一般来说，当人们走上新的工作岗位，建立起新的同事关系，跟过去的同事就很少联系，彼此像断了线的风筝一样。拿我自己来说，自从 1978 年春天调到北京工作，四十多年过去了，我和有的同事一次都没有联系过，不要说见面了，连电话都没打过一个。想起往事，我也很想念他们，很想和他们说说话，或见见面。可我的想念只停留在想念的层面上，想想就过去了。我想，我主动跟人家联系，也许会打扰到人家的生活，多一事不如少一事的好。有人说世界很小，远在天边的朋友都可以见到。有人说世界很大，离得并不远的朋友却很难见到。我说不清这个世界是小还是大，反正由于空间的原因、时间的原因，还有心理的原因，我和有的同事也许这一辈子都联系不上了，存在跟不存在差不多。

让人感到欣慰的是，几十年来，我一直跟汪莹丽保持着联系。我们之间的联系也不是很频繁，都是在过年过节时互相打电话问候一下。我们都还在做新闻工作，虽然不是同事了，但仍然是同行。既然是同行，共同的关注点和共同的语言就会多一些。另外，我在做新闻工作的同时，业余时间还搞点儿文学创作，每出一本新书，我都会寄给汪莹丽看。我们写了东西，总希望有人读。但我常常不知道自己作品的读者是谁，有时甚至怀疑自己所写的东西到底有没有读者。除了我妻子之外，有一个读者是可以肯定的，那就是汪莹丽。汪莹丽读了我的小说不但有及时的反馈，有时还能指出某篇小说的生活原型是哪位。这样的读者是难得的，她不仅可以让我清楚地知道读者是谁，了解读者的层次，还可以激发我持续写作的积极性。这样的读者哪个作者不需要呢，哪个作者不愿意和这样的读者保持联系呢！

我所在的新闻单位面向全国，外出采访的机会很多，每年去的地方也不少。每次路过被称为铁路交通枢纽的郑州，或在郑州停留，我都会与汪莹丽联系一下。是的，我很少与别人联系，只与汪莹丽联系。在我的心目中，汪莹丽和郑州几乎成了同义语，汪莹丽代表着郑州，郑州也代表着汪莹丽，我到了郑州一趟，如果不和汪莹丽联系，等于没到郑州差不多。有一次，我到郑州参加一个由中国煤矿文化宣传基金会召开的影视创作座谈会，开会的地方正是我原来所在矿务局的驻郑州办事处。一到办事处住下来，我就给汪莹丽打电话，说我到郑州了。我们刚说了几句话，汪莹丽就要我中午饭别吃会议餐了，她请我吃郑州的羊肉烩面。我们在矿务局宣传部一块儿工作时，多次趁往省报送稿时一起在郑州吃羊肉烩面，她知道我爱吃那一口儿。我说那好吧。中午时分，我们在汪莹丽指定的一家羊肉烩面馆里见了面。季节是初夏，路边绿化带里的月季花开得正盛，在阳光的照耀下，每一朵月季花都像是燃烧的火焰。面馆门前撑起了一些大面积的太阳伞，太阳伞下面放有餐桌，有的食客嫌面馆里面太热，就在太阳伞下面吃烩面。汪莹丽嫌外面过往车辆太多，声音太嘈杂，影响说话，我们还是在面馆里面找一个人少的角落坐下了。汪莹丽除了点了两碗大碗的烩面，还点了两瓶啤酒和两盘下酒的凉菜。在烩面端上桌之前，我们先喝一点啤酒。我们把啤酒喝了两口，汪莹丽用河南话叫着我名字的后两个字说：我还欠你一场电影呢，哪天有机会我一定请你看一场电影。

我知道，她说的电影指的是《早春二月》。

我说：现在新电影那么多，想看过去的老电影恐怕很难了。

她说是的，许多事情都是这样，一旦机会错过，想再找回来就难了。

汪莹丽从电影说到“许多事情”，我听出了她的话后面的话，我觉得她把话说远了，也说重了。我的敏感和自律要求我不能顺着她的话说，如果顺着她的话说，有可能会落入男女之间的俗套。于是我说：咱们不说这个了，喝酒喝酒。

我听说汪莹丽终于找到了对象，终于结婚了。她没有主动对我说起她丈夫，我也没有问她。她要是愿意说起她丈夫，我倒愿意听一听。她不主动说，我不便多问。特别是在这个节骨眼儿上，我问起她的丈夫，倒显得我过敏，多心，好像故意岔开话题似的。我一时不知说什么好，仿佛话不由己，一开口还是岔开了话题。我说一到烩面馆，就想起了许多往事。我讲的一件往事是，我在北京帮助工作期间，有一次回矿务局，妻子到郑州接我。妻子接到我，我们就到二七纪念塔旁边的一家烩面馆吃烩面。烩面占不住我们的嘴，我们一边吃面，一边说话。等我们吃完了面，妻子才发现她挂在长条板凳一头儿的提兜儿不见了。提兜儿装的有钱包，还有一本她没有看完的《福尔摩斯探案集》。不用说，一定是小偷儿见我们两口子说话说得有些忘了身在何处，就把妻子的提兜儿顺走了。汪莹丽没说起她丈夫，我却说起了我妻子，也就是她的同学。我不是有意为之，不是拿妻子抵挡什么，在不知不觉间就说到了妻子。

汪莹丽也没有顺着我的话说。热气腾腾的羊肉烩面端上来了，太热，我们没有马上吃。汪莹丽问我：那次我不让你看电影，你临走时说了一句话，你还记得吗?

我摇头，说不记得了。

我还记着呢，你说的是“真遗憾”。因为这句话，我一下子记住了你。全矿务局那么多年轻人，只有你才会说出这样的话，当时我就觉得，你和别的人都不一样。

多少年过去了，汪莹丽竟然还记得我当年随口所说的一句话。我相信汪莹丽的记忆不会错，就我的性格和习惯而言，我应该会说出那样的话，面对一个女孩子，也只能那样说话。我该说什么呢?我不会再说遗憾那样文绉绉的话了，只能夸汪莹丽的记忆力真够好的。

若搁以往，羊肉烩面上桌后，我的全部注意力会很快集中在烩面上，一口气把一大碗烩面全部吃光，以致吃得大汗淋漓。可那天我们都有些走神儿，注意力一点儿都不集中，没有吃出羊肉烩面应有的香味。不管是面条，还是粉条，我们都是一根一根挑着吃，一碗面只吃了半碗，就把筷子放下了。

我原来所在的矿务局，属于国家煤炭部直接管理的国有企业，但因行政区划是在郑州市范围内，一些社会性功能也归郑州市管。也就是说，对于矿务局的宣传报道，跟我有关系，跟汪莹丽也有关系，我们一块儿去矿务局是顺理成章的事。有一年，某矿举行庆祝建矿五十周年庆典，我和汪莹丽都去参加了。在晚间举行的舞会上，我第一次请汪莹丽跳了舞。汪莹丽说我跳得挺好的。我说刚学的。又有一年，某矿的原煤年产量实现了比矿井设计能力翻一番。邀我和汪莹丽去给他们写报道。在矿领导招待我们的酒会上，我和汪莹丽都喝了酒。借着酒力，在众目睽睽之下，我第一次拥抱了汪莹丽。拥抱汪莹丽是我的一个由来已久的预谋，我把预谋得以实现的功劳推给了酒。我觉得汪莹丽也有预谋，我的预谋是拥抱她，而她的预谋是接受我的拥抱。这样说来，我们迟到的拥抱就不是不谋而合，而是有谋而合。在我们拥抱时，有矿上宣传科的人为我们照了相，之后汪莹丽一再向人家要照片，我知道她是想留一个纪念。尽管我当晚喝了不少酒，但仍不失理性，理性告诉我，拥抱一下我以前的女同事，带有一定的礼节性，同时也是我和汪莹丽交往的一个底线。我绝不会越过这个底线，永远都不会。有人说，连喝了酒都保持清醒状态的男人是可怕的。可怕就可怕吧，反正不管到什么时候，我都得管住我自己。

我妻子对汪莹丽也很好，她对我与汪莹丽的交往没有任何疑虑。有一次，汪莹丽带着她女儿到北京参加一个外语培训班，妻子热情地安排她们母女住进了我们家。回忆起来，我们到北京几十年，除了我母亲和我妻子的父母，以及我的兄弟姐妹在我们家里吃住过，在我们的同事和朋友里，汪莹丽是在我们家多天吃住的第一人，也是唯一的一人。从这件事可以看出，我们两口子对汪莹丽是多么友好。其实朋友之间的友好是双向的，汪莹丽之所以能在我们家得到特殊的待遇，是因为她愿意与我们保持友好的关系。听妻子多次说过，她有一个以前和她关系不错的女同学，头天听说她要调到北京工作，妒火中烧，第二天见面把脸一扭，就再不搭理她了。对于这样的人，就算你想跟她保持友好的关系，也只能是一厢情愿。

我和矿务局宣传部的绝大部分老同事都断了联系，不等于汪莹丽和他们也没了联系，汪莹丽和不少老同事都有联系。有些老同事的信息都是汪莹丽告诉我的，谁谁升官了，谁谁发财了，谁谁瘫痪了，谁谁出事了，汪莹丽都会及时告诉我。随着时间的流逝，原来宣传部的部长去世了，副部长去世了，新闻科的科长去世了，一位才五十多岁的老同事也去世了。汪莹丽每告诉我一个不幸的信息，都会把逝者妻子的电话告诉我，嘱我打电话向其表示悼念和慰问。同时，每听到这样的信息，我和汪莹丽都会不胜唏嘘，感叹生命的短暂，并为自己还活着感到幸运。

汪莹丽退休后，担负起了照顾她母亲的责任。在汪莹丽年轻的时候，她和母亲的关系不是很和谐，因一点小事，她母亲曾到我们宣传部大吵大闹，告汪莹丽的状。不承想她母亲到了晚年，她们母女相处得那么好。她母亲九十多岁了，耳不聋，眼不花，能大睡，能吃肉，身体好得惊人。我时常在她的微信朋友圈里看到她晒母亲的照片。在春天的花园里，她母亲在健身器材上锻炼身体。在秋天的阳光下，她母亲坐在室外的椅子上看报纸，果然连老花镜都不戴。在纪念中国人民抗日战争胜利70周年之际，她母亲作为抗战老战士，得到了一枚国家颁发的纪念章，她把纪念章的照片发在微信上，很为母亲骄傲。母亲身体好，他们家的长寿基因就好，汪莹丽对自己的身体状况充满自信。我每次看见她，她身手矫捷，似乎还充满着青春一样的活力。她说她母亲在向一百岁迈进，她前面的路更长更长。

话说到了2019年的年底，我的长篇小说《家长》获得了第二届“南丁文学奖”。我去郑州领奖时，因来去匆匆，未及和汪莹丽联系。直到我登上返京的高铁列车，才给汪莹丽发了一条微信，请她谅解。她很快回信，说她看到了我获奖的消息，向我祝贺！因她生病住院了，才没有到颁奖会现场去看我。她在微信的最后说的是“后会有期”。

汪莹丽生病了，还住院了，这让我有些意外。一个女同事，我不好意思问她生的是什么病，只是祝愿她早日康复！

没有再收到她的回复。

2020年春节前夕，我禁不住又给她发了微信，说都要快过年了，您难道还没出院吗？真让人挂心啊！

仍未收到她的回复。这让我有了不太好的预感。

整个春节期间，我都没有汪莹丽的任何信息。这不正常。在以往每年的春节，我都会与她互相拜年，互致祝福。在鼠年的春节，我给她打电话，无人接听；给她发微信，不见回复。这太不正常了。

到了正月初七，也就是 2020 年的 1 月 31 日，春节长假结束，上班的人又开始上班。我实在忍不住，又给汪莹丽的手机上发了微信。这次发微信，我写的是汪莹丽女儿的名字。她女儿很快给我回信：刘叔叔，我妈妈今天上午 11 点走了。

看到这样的消息，我一下子蒙了，有些头晕。我马上把消息告给妻子，说话时我喉头颤抖，几乎说不出话来。我妻子一听就哭了，她说：莹丽才六十多岁，她不该走这么早啊！

我立即给汪莹丽的女儿回信：得知你妈远行的消息，我和阿姨心情都沉痛得很，阿姨都哭了。深切悼念你妈妈！她那么热爱人生，热爱生活，怎么说走就走了呢？实在让人难以接受！好孩子，节哀珍重！并安慰你爸爸！

天还在，地还在，山还在，水还在；矿区还在，郑州还在，汪莹丽却不在了，永远都不在了。汪莹丽是我与老同事们保持间接联系的信息枢纽，汪莹丽一不在，我再也得不到所有老同事的任何信息了。人的存在是相对的，汪莹丽不存在了，在与老同事的联系方面，恍惚之间，我仿佛觉得连自己都不存在了。

好在汪莹丽的手机号和微信号还在手机上保留着，每次路过郑州，我都会想起汪莹丽，都会给她留言：我到郑州了，莹丽您在哪里？又来郑州，莹丽永生……

在天国的汪莹丽也许会看到我给她的微信，可惜她再也不会回复我了。

原载《小说月报·原创版》2022 年第 6 期

花篮

一

那时的采煤工艺被说成炮采，它不是原始的镐采，也区别于现代的机采。镐采，是矿工匍匐于井下狭小的空间，采取以镐头掏槽或打洞的方式，一点一点把硬煤刨下来。机采，是开动隆隆前行的综合机械化采煤机，利用滚筒式割机的巨大旋转力量，一刀一刀把原煤割下来。所谓炮采呢，是用火药对铜墙铁壁般的煤墙进行爆破，把煤墙炸塌。

中国人最早发明了火药，火药既用于战争，也用于生产。尽管火药的成分后来在不断变化，威力也越来越大，但它的基本用途是不变的。矿井下面用的炸药，本身并不会爆炸，须用雷管加以引发，它才会发生爆炸。往井下运送炸药和雷管时，两者是分离的，各装在各的木头箱子里。专职放炮员手持麻花型的电煤钻在煤墙上打眼，把煤眼打到一定深度，将雷管插进炸药筒中，使二者结合起来。取出一根特制的木棍，把雷管和炸药的结合体捅入洞底，用炮泥封上炮眼，只露出雷管的两根导线。把导线连接到放炮器的电线上，矿工撤到安全的掩体，按下放炮器上的按钮，嗵的一声闷响，工作面涌出一股浓重的硝烟，煤墙被炸得土崩瓦解，放炮的任务即告完成。

放炮员带上自己的全套工具刚走，工作面的硝烟尚未散尽，采煤工们就抢进工作面去了，开始争分夺秒地架棚子，攉煤。架棚子是必须的，因为上面的碎煤还在不断往下掉，顶板随时有冒落的危险，只有快速把棚子架起来，人在棚子的保护下才能继续劳作，才不至于被掉落物砸伤。架棚子也叫支护，他们用作支护的材料是从井上运下来的木头，立起来的支柱是木头，搭在支柱上方的横梁也是木头。据说那些木头是从很远的深山老林里采伐来的，都是一些湿漉漉的原木，松香味很浓。当天顶的压力增大的时候，那些原木受到压榨，会从里面流出清清亮亮的汁液，像眼泪。另外，支护在横梁上面的支护材料还有用坚韧的荆条编成的荆笆，有一块挨一块密排着的荆笆打顶，连掉落的碎煤都被挡住了。这样一来，棚子好像变成了一个庇护所，在里面“枪林弹雨”都不怕。矿工这样在井下的采煤工作面架棚子，类似于农民在地面架梁造屋。所不同的是，农民造屋，是为了在屋里遮风避雨，生儿育女，一住就是一辈子。而矿工架设的棚子是临时性的，一棚子煤采完了，新的一茬炮一崩，棚子就作废了，就得架新的棚子。只要一块煤田里的煤没采完，棚子就得一直架下去，以此循环往复。攉煤也是必须的。用特制的大斗子铁锨，把被炮崩得松散的煤攉到倾斜的溜子槽里，煤顺着溜子槽溜到下面平巷的刮板运输机里，再由运输机输送到煤仓里，然后才能装进矿车，用安装在高高井架上的天轮提升到地面。煤只有到了地面，才能装上汽车，装上火车，或装上轮船，运到电厂，运到钢厂，或运到千家万户，实现它发热发光的历史使命。攉煤与架棚子相比，如果架棚子是手段的话，把煤攉出来才是目的。

采煤是密集型集体劳动，看似人海战术，内部也分班分组，甚至细分成很小的劳动合作组合。一般情况下，在一个场子里采一棚煤由两个人合作完成，一人管架棚子，另一个人负责攉煤。有时也会有三个人合采一棚煤，其中必有一个是刚参加工作的新工人，新手需要跟老师傅学习采煤技术，场子里才会多出一个人。另一种场子里超员的情况可以忽略不计，那是矿务局和矿上的机关干部们下井参加劳动的时候。人一旦当上了干部，就不愿再下井，他们下井，通常是摆摆姿态，做做样子，顺便领几毛钱的下井补助费。工人们并不指望干部们能帮上多少忙，反而嫌他们在场子里有些碍手碍脚。但面对领导，他们做出的还是笑脸相迎的样子。他们的办法，是“领导”刚干几下子，他们就以“别把领导累坏”的名义，请“领导”到一边歇着去了。

宋师傅和杨师傅在一个采煤场子里干活儿，他俩的分工是，宋师傅管架棚子，杨师傅管攉煤。宋师傅架棚子已架得胸有成竹，得心应手。炮响之后，他趁顶板被震得迷迷糊糊，还不太清醒，就手脚麻利地把柱子立起来了，把横梁架上了，把荆笆巴紧了。他架的棚子横平竖直，牢牢稳稳，为杨师傅在棚子下面攉煤创造了很好的条件。杨师傅攉起煤来也不含糊，他把大斗子铁锨抡得呼呼生风，攉出的煤像是黑色的瀑布。他总是能提前把一棚子好几吨煤攉得干干净净，真正做到了颗粒归仓。这样的合作，也叫搭档。这两位师傅已搭档好多年，从青年时代搭档到了中年时代，堪称是一对老搭档。不管是从老的采区转移到新的采区，还是由原来的采煤队改名为军事化编制的采煤连，多少年来，工友们有的亡了，有的残了，有的调走了，能一直做搭档的很少很少，而他们这对搭档却没有分开，一直延续到现在。长期在一个黑暗的、狭小的空间里合作，他们配合得十分默契。宋师傅需要杨师傅做什么，宋师傅不用说话，只用矿灯照一下就行了。再进一步比如说，宋师傅要在场子的某个位置立一根柱子，他有时连用矿灯的灯光照一下都不用，杨师傅已经想到了，并把那个位置上面的浮煤清理掉，露出底板上立柱子的坚实基础。他们二人的模范合作，还有一个让别人羡慕的标志，那就是二人可随时随地进行角色互换，杨师傅可以架棚子，宋师傅也可以攉煤。杨师傅架棚子架得也很规范，也很牢固；宋师傅攉煤的速度也很快，攉得也很干净。这两项活计比较起来，架棚子的技术性强一些，攉煤付出的气力多一些。如果哪一天，杨师傅因感冒有些咳嗽，宋师傅就抄起铁锨，替杨师傅攉煤，让杨师傅干能省些力气的架棚子的活儿。

这天，宋杨二位师傅上的是夜班。下井之前，他们看到了满天的星星。到了井下，星星就看不见了。他们听说过，天上的星星与地上的人是对应的，天上有多少颗星星，地上就有多少个人。那么，他们头上的矿灯也会发光，就算矿灯是井下的星星吧，就让矿灯代表他们吧。和往常一样，这天他们奔赴放炮之后像战场一样的煤场，宋师傅还是架棚子，杨师傅还是攉煤，干得按部就班，沉着扎实。邻近的采煤场子里或许会传来自得其乐的叫骂声，或许会发出金属工具互相敲击的声音，宋师傅和杨师傅的场子里却老是默默无言。这大概与星星的运行方式是类似的，他们可以像星星一样互相照耀，却各有各的轨迹。

杨师傅的老家在农村,他由原来的农民变成了工人。在用铁锨刨煤、攉煤的时候，他难免会联想起在老家刨地、翻地的情景。秋后，在老家收过红薯的地里刨地时，刨着刨着，会刨出一块红薯。土壤油黑油黑的，红薯鲜红鲜红的，形成鲜明对比，很是让人欣喜。刨着刨着，会刨出一只豆虫变成了虫蛹子。栗色的虫蛹子，肚子下面尖尖的，左边一扭，右边一扭，好像急于破壳而出，化成会飞的蛾子。杨师傅记起，妇女们在地里割豆子时，镰刀一动，豆叶下面会有大腹便便的母蚰子跳出来。妇女伸手把母蚰子捉住，掐一根狗尾巴草的草茎，穿进母蚰子的脖箍，叼在自己牙上。等把一块地的豆子割完，有的妇女牙上就会叼一串子母蚰子。她们回家把母蚰子投进锅灶下面的热草木灰里烧给孩子吃，那是相当好吃。可在井下工作面的采煤场子里，杨师傅不会刨到红薯，更不可能捉到母蚰子，他的锨下除了黑，还是黑，除了煤，还是煤，没发现过别的东西。他听人说过，煤炭是亿万年前的古老森林变成的，当时的森林里有小鸟飞翔，有恐龙出没。他别说刨到小鸟儿和恐龙了，连森林里的一片树叶都没看见过。他还听人说过，煤里有煤精，还有琥珀。煤精也叫煤玉，是石化比较彻底的煤化石，质地坚硬，结构致密，有金属一样的光泽，可以雕成猴子、狗熊、海豚、黑天鹅等工艺品。琥珀是一种淡黄色的透明生物化石。松科植物上分泌的树脂滴落在地，掩埋在地下千万年，在压力和热力的作用下，就变成了琥珀。树脂滴落时，会包裹进蜜蜂、飞蛾等小昆虫，小昆虫栩栩如生，奇丽异常。听了别人的讲述，杨师傅在心里埋下了希望，他想，他天天在井下刨煤，哪天能刨到一块煤精，或捡到一枚琥珀就好了。然而好多年过去了，他刨的煤恐怕能装一火车，能装一轮船，可煤精和琥珀还停留在他的希望里，他的想象里，他至今也没看见过煤精和琥珀是什么样子，更不要说在煤窝里捡到煤精和琥珀了。

这天杨师傅正在攉煤，当铁锨铲进煤堆里时，他觉出铁锨像是遇到了一点阻力，铁锨前进得不是很顺利。这是咋回事呢？他铲起半锨煤一看，原来煤窝里有两根炮线干扰了他手中铁锨的前进方向。炮线不是煤精，也不是琥珀，他对炮线是熟悉的，知道炮线是栽在雷管里的两根电线，电线一米多长，外面包的是绝缘的彩色塑料包皮，里面是导电功能极佳的铜丝。炮响之后，炮皮和雷管被炸得粉碎，消失在煤里，不见了踪影，只有炮线还存在着。他弯腰伸手，把炮线从煤窝里抽拉出来。他没有随手把炮线扔进溜子槽里，那样的话，炮线就会构成煤的一种杂质，影响煤的纯度。要是用户把带炮线的煤买走做蜂窝煤的话，不管是和煤泥，还是把煤泥往蜂窝煤机的模子里装，炮线扯扯捞捞，都很碍事。他把炮线提溜在眼前看了看，在矿灯的照耀下，他看见两根炮线完好无缺，一根是红色，一根是蓝色。红是石榴红，蓝是宝石蓝，很是好看。他像是想了一下，把炮线在手上绕了绕，绕成一个圈，塞进一根支柱和煤帮之间的缝隙里去了。他打算等下班的时候，再把线圈取出来，装进口袋里，带到井上去。他这会儿光着膀子，没穿上衣，没法儿把线圈往口袋里装。他又用矿灯把线圈照了照，见绕在一起的线圈红蓝相间，仿佛有了别样的色彩。他遂又把线圈取出来了，掖进自己系矿灯的灯带和腰带之间的腰间。矿工的灯带是用复合阻燃材料制成的，统一规格，统一配发。而矿工用以系工作裤的腰带呢，大都是自我选择，自己制作，要简单得多，粗糙得多。杨师傅原来系的腰带是用破旧的劳动布工作服撕成布条做成的，布条接成三节，系在腰里有些疙里疙瘩。布条还不太结实，如果打一个比较大的喷嚏，布条似乎就会被崩断。而宋师傅的腰带是用五彩丝线编织而成，要精致得多，好看得多，也结实得很。宋师傅的腰带是宋师傅的妻子为其编织的，工友们都夸宋师傅的腰带不错，说像一件工艺品。宋师傅也觉得自己的腰带不错，就让妻子又编织了一条跟他的腰带一模一样的腰带，送给了搭档杨师傅。

二

宋师傅注意到了杨师傅在捡炮线，他不知道杨师傅捡炮线做什么用，也没有问。但他知道杨师傅是个惜物的人，杨师傅捡炮线，一定会给炮线派点儿什么用处，他愿意帮着杨师傅捡炮线。宋师傅架棚子使用的工具是两样，一样是镐头，另一样是斧头。镐头是用来刨煤，用来整理被炮崩得参差不齐的地方，以便把木头棚子架得更规整，更牢稳。斧头是用来砍坑木（煤矿术语）的，把柱子的顶端和横梁的两端都砍出适当的平面，以增加柱子和横梁的摩擦系数，使二者结合得更紧密。宋师傅这天在刨煤时，从煤窝里刨出了一根红色的炮线。他把炮线捡在手中，并没有马上交给杨师傅。他知道，炮线应该有两根，有一根红线，还应该有一根蓝线。于是，他接着往下刨。有那么一刻，他寻找另一根炮线的念头在脑子里占了上风，好像不找到就不会罢休。当他把蓝色的炮线找到后，才把两根炮线并在一起，交给了身旁的杨师傅。杨师傅接过炮线评价说，一根炮线要比一根棉线贵得多，扔掉可惜了。宋师傅同意杨师傅的说法，说那是的，造炮线不是纺棉线，造炮线可是个精细活儿。造炮线所用材料的高成本在那里放着，加上造炮线的工艺复杂，不贵才怪。

一般来说，一个采煤场子一班只打一个炮眼，只放一声炮，留下的炮线是有限的。也就是说，每采一棚煤，杨师傅只能捡到两根炮线。如果是要纺线织布的话，须纺出足够多的线才能分成经线、纬线，放到织布机上织布。倘若用炮线编一样东西，也需要攒够一定数量的炮线，才能动手编。杨师傅要是只在他和宋师傅的采煤场子里捡炮线，所捡的炮线什么时候才能够编一样东西呢？杨师傅不再满足于只在自己所在的采煤场子里捡炮线，他还不时地往旁边的溜子槽里看一眼，看看顺槽而下的煤里是不是有炮线。溜子槽如一条欢腾的小河，小河里奔涌着黑色的波浪。一旦发现波浪里有炮线，他眼前一亮，赶紧把炮线捡出来。另外，在劳动之余，他还愿意在整个工作面上下走一走，看看别的采煤场子里有没有遗落的炮线，要是有的话，他就拐进去捡出来。矿井下所有的工作面没有一个是平坦的，都是倾斜的，倾斜得像山坡一样。所以，往工作面上头走时，叫上山；往工作面下头走时，叫下山。工作面全长一百多米，上下爬一趟要付出不少力气。为了能捡到炮线，杨师傅不怕费力气。

有一回，杨师傅在别的采煤场子里看到一根炮线，他扯住炮线一头，刚要把炮线扯走，他觉得一扯一沉，线上像是钓到了一条大鱼。他抬起头来，才发现炮线的另一头被另一个工友扯到了，他们各执一端，把炮线扯得有些直。这让平日里谦让待人的杨师傅顿时有些惭愧，马上把炮线松开了，说对不起，我不知道你也在捡炮线。工友却笑了，笑得露出一口白牙，说：我听说你在捡炮线，这根炮线我是替你捡的。这话让杨师傅有些感动，他让工友自己把炮线留着。工友说：我又不用炮线拴蚂蚱，留它干什么！给，拿走吧。杨师傅这才把炮线接了过去。工友问杨师傅捡炮线干什么用，杨师傅说他也不知道，瞎捡着玩儿呗。工友跟杨师傅开了一个玩笑：你该不是把炮线送给你的相好吧！要是在井上的阳光下或灯光下，杨师傅听到这样的玩笑，脸上也许会红一下。好在井下的煤黑对脸上的颜色变化有着遮盖的效果，脸白脸红都看不见。杨师傅把工友的玩笑指了出来，说你开玩笑呢，我哪里有什么相好。工友还有话说：相好都是私下里偷着好，就算你有相好，我们也不知道呀！

对有关相好的话题，工友们都很感兴趣，听到他们两个说到相好，不少工友的耳朵都向他们这里倾着。井下如黑夜，在黑夜里，人们的眼睛不好使，耳朵总是很好使。实在说来，井下太沉闷了，色彩也过于单调了。说说相好，或许能打破一点沉闷的空气，给话语增添一点色彩。他们这一代矿工，文化程度都不太高，能小学毕业就算不错，上过初中的极少，还有一些是连信都不会看的文盲。他们听说过相好的说法，有的却连相好的相是哪个字都不知道，还以为是香气的香呢。香好香好，香气当然比臭气好。但是，他们对相好的意思是懂得的，知道相好涉及男女之事，有婚外情的意思，有家花不如野花香的意思，也有浪漫的意思。他们每个人都渴望自己能有一个相好。就算自己没有相好，听别人说说相好也是好的。他们隐隐觉得，从穿衣戴帽、说话走路、为人处世等各方面来讲，杨海良师傅都应该有一个相好，要是杨海良都没有相好的话，还有哪个挖煤的人能有一个相好呢！然而杨师傅的话让他们有些失望，他还是说开玩笑，开玩笑。又说：咱们弟兄们成天价在煤窝里爬来爬去，只能跟煤好一好。

工友们虽然没听见杨师傅说出捡炮线干什么，也没听见杨师傅说多少关于相好的趣话，但他们都知道了杨师傅在捡炮线。如果说捡炮线也构成了一个故事的话，有故事和没故事效果大不一样。在没故事的时候，工友们看见炮线跟没看见差不多，任炮线跟煤一块儿溜走了。有了故事以后呢，工友们再看到炮线，就跟杨师傅联系起来，勤勤手就把炮线捡了出来，送给了杨师傅。这样一来，就不再是杨师傅一个人在捡炮线，也不再是杨师傅和宋师傅两个人在捡炮线，而是工作面的工友们都在为杨师傅捡炮线。工友们在把炮线交给杨师傅时，都是先把炮线整理一下，绕一绕，绕成一个圆圈，像一只炮线做成的缠丝手镯一样，才交给杨师傅。人的联想有相通的地方，一个工友把绕成圆圈的炮线递给杨师傅时果然说：杨师傅，送给你一只花手镯。杨师傅跟工友们也开玩笑，他说：这只花手镯不错，留着给你的相好戴吧。工友说：我要是有相好，可不能送给她这样的假手镯，至少要给她买一副银手镯。杨师傅夸工友这样重情义，日后一定会有一个相好。

杨师傅没想到会有这么多工友帮他捡炮线，这使他意识到自己的人缘还可以。可是，大家都帮他捡炮线，又让他稍稍有些不安。在发现他捡炮线之前，或许大家都以为炮线不过是废品，没有什么可利用的价值，在发现他捡炮线之后呢，有的工友受到他的启发，也许也意识到放炮并没有把炮线毁坏，炮线作为电线，虽说已经完成了为雷管导电的功能，但线绳的功能还存在着，还可以用来缠绕点儿什么，或捆绑点儿什么。比如在矿工宿舍院子里的杨树上，拴有包着黑色塑料皮的晾晒衣服的铁丝，那些铁丝原来也是当电线用的，电线老化了，或塑料皮漏电了，就把电线派上了晾晒衣服的用场。工友们知道了炮线可以利用，却没有利用，而是把捡到的炮线交给了他。感谢之余，他不知道该怎样答谢这些友好的工友。

众人捡炮线捡得快，捡得多，如果每天捡十根，十天就是一百根，一个月就是三百根。有句俗话，说是众人拾柴火焰高。这里众人拾的不是柴火，是炮线，炮线肯定不是用来烧火的。至于杨师傅要用炮线做什么，工友们还不知道。杨师傅可能早就有了打算，只是没说出来而已。平日里，杨师傅话语不多，做事是一个先干后说，或是干了也不说的人，从来不会把一件还没干的事说得满世界都是。杨师傅每天把炮线拿到井上后，不是随便往床板上一扔，压在铺盖底下就完了，还要一根一根把炮线整理一下。他从矿上的垃圾堆里捡来一个木头电线轴，把炮线捋直，缠绕在线轴上。他这样做，类似于农村纺线的老太太把棉线缠绕在线穗子上，等把线穗子缠得饱满了，饱满得像一个成熟的红薯一样，就可以用线加工别的东西。除了捡回一个线轴，杨师傅还从垃圾堆里捡回了一只废弃的炸药箱子。箱子是用木条钉成的，四面透气，六面漏风，很是简陋。但不管再简陋，也是一个箱子的形状。杨师傅把缠了炮线的线轴儿放进箱子里去了。杨师傅曾当过农民，知道农村几乎没什么垃圾，一片树叶，一根茅草缨子，一枚羊粪蛋子，都会用来烧锅或沤肥，到处都干净得很。到了矿上，他才看到了被人们称为垃圾的垃圾。在他看来，不少垃圾都是有用的，一团沾了油污的棉纱，一块带有树疤的板皮，一张被撕裂的风筒布，拿到农村都是可以利用的好东西。他听人说过，这些垃圾都是工业垃圾。相比之下，农业没有垃圾，工业才有垃圾。一说工业，就与工厂、机器有了关系，凡是从工厂和机器里出来的东西，都显得宝贵一些，废了也不算废，还有修旧利废的价值。杨师傅在井下捡炮线，也是这样的道理。

把炮线攒得差不多了，杨海良师傅开始用炮线编东西。矿上有一些女工，她们把矿上发的劳保手套拆开，拆成棉线，用来织花样百出的线坎肩。还有的女工，从商店里买来玻璃丝，用玻璃丝编金鱼、蝴蝶，或茶杯套。杨师傅要用炮线编什么呢？他打算编一只花篮。篮子分菜篮、馍篮、果篮、花篮等，他要编的是花篮。他听过一支民歌，民歌的名字叫《编花篮》，民歌里唱道：编，编，编花篮，编个花篮上南山。南山开满红牡丹，朵朵花儿开得艳……他编的花篮，不一定非要盛牡丹，从小到大，从青年到中年，他只见过杏花、桃花、石榴花，还见过豌豆花、荞麦花、黄瓜花，从没有看见过牡丹花。他见过的花，都是平常的花，在贫穷的地方也能见到的花。而据说牡丹不是平常的花，是富贵的花，说不定他这一辈子都没机会看牡丹花一眼。等花篮编好，他不一定用来盛花，也许盛一把花生，盛两个苹果，或盛三个柿子。也许什么都不盛，花篮只是花篮本身，本身就像是一朵花。

杨师傅以前只听说过花篮，从没有见过花篮，更没有编过花篮，编起花篮来，一点儿经验都没有，一点儿参照都没有，只能在脑子里想象出一只花篮的样子，按照自己的想象，一边儿想，一边儿编。至于编东西的方法和过程，他倒是看见过。还是在老家当农民的时候，他看见过村里手巧的男人，有的用荆条编筐，有的用苇篾编篓子，也有的用高粱篾子编圈床席。村里有一个哑巴，特别善于用高粱篾子编圈床席，他用红白两色高粱篾子，不仅能在席面上编出大大的花瓶，还在花瓶里插上了红花，堪称美妙绝伦。圈床席是做什么用的呢，是给新婚的新郎新娘圈在床边遮挡掉渣儿的泥巴墙用的，是装饰洞房用的。本村的人，还有周边的村里的人，能得到一领哑巴编的圈床席，那是莫大的幸运和喜庆。哑巴本人一辈子都没结婚，但用他关乎心灵的精湛手艺，不知给多少新人送上了无声的祝福。杨师傅愿意承认，正是因为有了目睹哑巴编圈床席的美好难忘记忆，他才动了用炮线编一只花篮的念头。高粱篾子是两色，炮线也是两色，他要向心灵手巧的哑巴学习，争取把花篮编得好看一些。

编花篮最好能有一张桌子，在桌子的平面上，花篮的底子才能铺展得开，才能编得严密、平整。编花篮不像女工用钩针子钩毛线坎肩，只拿在手上钩来钩去就行了。杨师傅如果把炮线在手上编来编去，恐怕很难把花篮编成型。宿舍里没有桌子怎么办呢？杨师傅就掀开床上的被子和褥子，在自己的床板上编。他的床铺不是一个整体，是用两条凳子支起一块木板组合起来的。矿工宿舍里所有床铺都是这样的，简单到不能再简单。不过，这样的床铺挺好的，铺上铺盖可以睡觉，掀起铺盖就可以当桌子用。床板要比一般的桌面宽展得多，把它说成工作台也可以。杨师傅所住的宿舍是一间平房，房间里共有三张床铺，除了他，还住着两位工友。一位工友姓韩，另一位工友姓梁。姓韩的工友，人长得壮实，力气大，干活儿不惜力，人称大韩。姓梁的工友是顶替因公死亡的父亲刚参加工作不久，年龄还小，大家都叫他小梁。他们的班轮成了早班，午夜零点上班，早上八点下班。下班后，他们交了灯，洗了澡，吃了饭，就开始睡觉。睡到下午醒来，他们会到煤矿外面的野地里或山沟里转一转，看看野草、野花、庄稼、树木、小鸟、蝴蝶、小河、云彩，还有小孩子和女人。大韩和小梁在半下午的时候都出去了，只有杨师傅一个人在宿舍里编花篮。采煤的劳动是集体劳动，人越多力量越大，采的煤越多。而编花篮是一个人的劳动，不光有手的劳动，还有心的劳动，一个人悄悄地编织就行了。

杨师傅在编花篮的时候，如果旁边有人看，有人说话，甚至指指点点，他便很难进行下去，更不要说做到专心致志。两个工友都到外面去了，等于为杨师傅专心编花篮创造了安静的条件，杨师傅想，他要好好编花篮，把花篮编得好看一些，才对得起工友们对他的支持。

三

在没开始编花篮的时候，杨师傅也乐意到煤矿以外的地方走一走，看一看。煤矿大都在农村的怀抱里，出了煤矿就是田野、农舍，就是青山、绿水。如果说煤矿是一个黑色的世界，走出煤矿就到了多彩的世界。季节既然已经到了秋天，外面就不再是单一的绿色，到处是五彩斑斓的景色。就拿各种树叶来说，有黄色、橙色、红色，还有紫色等。同是红色，红与红还不尽相同，有大红、朱红、嫣红、水红，还有桃红、殷红、绛红、银红等。比如柿树，秋来时，柿子变红，柿树的叶子也变红。柿子的红是柿红，也像是灯红，那么柿树叶子的红呢，是血红，也像是醉红。一棵柿树多样红，红来红去不相同，是多么的喜人。再比如酸枣儿树，它与柿树不同些。它们之间的不同，不仅在于柿树是乔木，酸枣儿树是灌木，柿树需要嫁接，酸枣儿树是野生野长，还在于秋来时酸枣儿树的叶子变成了黄色，而不是红色。当酸枣儿树明黄的叶片落满一地时，就把枝头的酸枣儿推举出来。酸枣儿的红当然是枣红，还像是玛瑙红。把摘下的酸枣儿穿成串儿，似乎就可以当成红玛瑙的项链儿戴。酸枣儿一多，谁都可以摘吃。摘一粒酸枣儿放到牙上一咬，酸酸的，甜甜的，酸中带甜，甜中带酸，顿感满口生津。酸枣儿除了自己吃，还可以摘两把放进衣服兜里，拿回去送给工友吃。杨师傅每次摘了酸枣儿，都愿意在旁边露出地面的、洁净的石头上坐一会儿，闻一闻秋草的气息，看一看天上的白云，听一听秋天的虫鸣。似想非想地想一想心事儿。因有了虫鸣，山野总是显得很静很静，静得让人有些忘我，一时不知身在何处。他知道，昆虫的生命都很短暂，一般只活一个夏天，到了秋天，离生命结束就不远了。别看昆虫活的时间不长，但它们都是唱着来到这个世界，也是唱着离开这个世界，是那么自然、乐观和从容。相比之下，人能活几十年，能经历几十个春夏秋冬，还有什么不满足的呢！

这座煤矿北面是山，山路曲曲折折，一路高上去，就到了伏牛山青黛的脊背。伏牛山之所以被称作伏牛山，也许因它像一头巨大的伏卧着的青牛吧。山的半腰有一座不知哪个年代修建的古塔，塔角的风铃大约只剩下一只，在风的吹拂下，风铃偶尔会丁地响一下。铃声一点千古风，风铃一响，和古代似乎就有了联系，让人们有些思古。煤矿的南面是一片洼地，洼地里种着高粱、玉米、谷子、芝麻、大豆等各种各样的庄稼。山区一般来说缺水，庄稼总是长得瘦瘦巴巴，不太好。可这片洼地水源充足，庄稼总是长得很旺盛，每年都能获得比较好的收成。这是为什么呢？因为不远处有一座大型水库，水库堤坝的水闸处开了一个小口，水库里的水正源源不断地从小口里瀑布一样流出，滋润着洼地农田里的庄稼。杨师傅他们每次从庄稼地的田间地头走过，都要沿着用大块儿石头砌成的堤坝的斜坡儿，低头弯腰，攀上高高的坝顶，把水库的水面看一看。他们都为烟波浩渺的水库惊叹过，他们的心胸都被辽阔的水面开阔过，但是，当他们再次登上坝顶，水面的辽阔仍然像有些出乎他们的意料似的，让他们惊叹不已，神思邈远。杨师傅在井下采煤的地方，被说成是煤海。既然有一个海字，就应该波浪翻滚，广阔无垠。可因为煤田被切割成一些叫工作面的方块，还因为视野所限，在井下干活儿时，他们从没有望海的感觉。到了这座水库坝顶的水边，放眼望去，他们才有了身临大海的感觉。总的来说，杨师傅觉得这座煤矿地面周边的环境不错。虽说井下没有了树木，没有了花草，没有了飞鸟，没有了虫鸣，但上得井来，自然界的一切应有尽有，都能看到。杨师傅对这座煤矿有些喜欢，他想他会一直在这座煤矿干下去，一直干到他退休，干到他告老还乡。

杨师傅把花篮编到一半的时候，住在同宿舍的两个工友，还有住在别的宿舍的一些工友，看到了杨师傅用炮线编的东西。他们不认为杨师傅编的是花篮，从实用的观点出发，认为杨师傅编的是筐子。他们还认为，杨师傅编筐子扎的架子太小了，等筐子编成，盛不了多少东西。要是盛红薯的话，恐怕连两块儿大一点儿的红薯都盛不下。要是盛一只兔子的话，盛兔羔子还勉强，兔子稍大一点儿就盛不下了。一开始，杨师傅没有向工友们解释，没有否认他所编的是筐子。是的，在他们老家，所有的篮子都被说成是筐子，竹筐、荆条筐、草筐、粪筐等等，好像筐子就是篮子，篮子就是筐子。工友们说他编的是筐子，那就算是筐子吧，无所谓。工友们说得多了，他才禁不住说了一句，说他编的不是筐子，是花篮。他的说法让工友们感到新鲜，也感到惊奇：花篮，花篮是干啥用的？有什么实用价值？难道要用花篮盛花儿吗？这未免太那个了吧！太那个的说法让杨师傅心里沉了一下，他说可能什么都不盛，下班了没事儿，瞎编着玩儿吧。

有两个矿灯房的年轻女工，听到杨海良师傅用炮线编花篮的消息，也结伴到杨师傅的宿舍看花篮。杨师傅的宿舍从没有来过女工，两位年轻女工的突然到来，使杨师傅觉得像来了两个花仙子一样，顿感有些局促不安，他问：你们找谁？一个戴蓝罩袖的女工说：不找谁，我们听说你在用炮线编花篮，想看看编花篮怎么编。此时，杨师傅手上正编着花篮，花篮已经成型，他不用在床板上编了，坐在床边，把花篮抱在怀里就可以编。听女工说看他编花篮怎么编，他的手指就不那么灵活了，捏炮线不是炮线，摸花篮不是花篮，编花篮的工作有些进行不下去。他说：编不好，瞎编，让你们见笑了。另一个戴素花儿罩袖的女工说：你只管编你的，我们是来向你学习的。听人家说来向他学习，他就更编不成了，低着眉，低着眼，不敢看人家。两位女工互相看了一眼，笑了笑。她们心里想的是，这么一个大男人，他比一个女孩子还害羞啊！还是那个戴素花儿罩袖的女工，向杨师傅问了一个具体问题：炮线都是一截一截的，要把炮线编成花篮，就得把炮线连接起来，一连接就会结成疙瘩，把花篮编得疙里疙瘩的。我看你编的花篮平平整整，连一个疙瘩都没有，你是怎样把炮线连接起来的呢？杨师傅不怕提问题，就怕女工提的问题不具体，女工一提具体问题，杨师傅的思维有了方向，一向明确的方向想，就不那么紧张了。他说，连接炮线的方法很简单，取来两根炮线，把其中一根炮线一头的塑料包皮去掉一点，露出里面的铜丝，接着把另一根炮线一头的铜丝剪掉一点，只留下塑料包皮的空管，然后把铜丝插进空管里，再用火把连接处烤一下，两根炮线就连接到了一起，一点疙瘩都没有。

杨师傅说着，遂拿出两根颜色不同的炮线，示范性地把连接的过程做了一遍，把红蓝两根炮线无缝地连接到了一起。两位女工看得眼睛发亮，很有兴致，彩色的花篮已经映进她们的瞳仁里。她们一再夸奖杨师傅的手可真巧啊，杨师傅编的花篮可真好看啊，简直就是一件艺术品。

两位女工从杨师傅宿舍里出来时，从宿舍门口走过的采煤连指导员看见了她们，她们曾在矿上的毛泽东思想文艺宣传队里唱过歌，跳过舞，指导员认识她们，指导员问：你们到这里干什么？那个戴蓝罩袖的女工回答说：我们看杨师傅用炮线编花篮。

你们看他编得怎么样？好看吗？

挺好看的，这样的花篮儿哪儿都买不到。

你们没让杨师傅给你们每人编一只吗？

编一只花篮太难了，我们可不敢提那样的要求。

指导员笑了笑说：我看你们很有小资产阶级的情调啊！

这话说得有些重了，可不像是开玩笑。两位女工不敢再说什么，赶紧走掉了。

采煤连里的干部们，连长、副连长、排长等，都不脱产，只有指导员一个人可以脱产，算是脱产干部。所谓脱产，就是不用下井，不用管生产，更不用干活，只管组织矿工天天读毛主席的著作，只管全连的思想政治工作，并抓好阶级斗争、斗私批修等等。因为不用下井，指导员天天有时间在地面检查工作，并有时间琢磨下一步在连里整出一点什么动静。两位女工走后，指导员拐进杨师傅的宿舍去了。

一见指导员进来，杨师傅立即停止编花篮，把花篮放在床上，从床边站了起来。平日里，指导员的穿戴总是整整齐齐，胡子总是刮得干干净净，皮鞋总是擦得明明亮亮，是一位很注重自身形象的领导。在表情上，指导员黑着脸的时候居多，好像随时都要和别人开展斗争。指导员不下井，他的脸应该是白脸。可是给人的感觉，他的脸“黑”得比从煤窝里爬出来的人的脸还要“黑”，这使杨师傅对指导员有些敬畏，跟指导员能拉开距离，就尽量拉开距离。指导员，有什么事儿吗？杨师傅问。

怎么，没事儿我就不能进来看看吗！

杨师傅无话可说。采煤连的宿舍也归指导员管，指导员想走进哪间宿舍当然都可以。

听说你在编花篮，编什么花篮？指导员说着，把杨师傅放在床上的花篮瞥了一眼。

杨师傅不想让指导员看见他编的花篮，想把花篮盖在被子下面，可已经晚了。他说：在井下捡了点儿废炮线，睡醒以后没别的事儿干，瞎编着玩儿呢！

你编花篮准备做什么用？难道真的要盛花儿吗？

没有没有，我从来没想过盛什么花儿，编完了就完了，可能什么都不盛。班后没别的事儿干，用炮线编点儿东西，权当学一点儿手艺。

炮线也是公家的东西，你捡到炮线应该交公嘛！

杨师傅脸上寒了一下，听出指导员这话严肃了，说到了公和私的关系上，差不多已经上升到了“斗私批修”的高度。他赶紧检讨自己，承认自己的阶级觉悟和路线觉悟都不高，只想到炮线是废品，没想到废品也是公家的东西，没有做到公私分明。他愿意把公家的东西交公，让指导员把他编的东西和没用完的炮线都拿走。

指导员把整个宿舍环顾了一下，没有拿走花篮和炮线，说：你费那么大的心思编的花篮，心里头不知想着谁呢，你还是自己留着吧。

在编花篮的时候，杨师傅心里想的是谁呢？也许想了，也许没想，一切都朦朦胧胧，模模糊糊。比如一个挖煤的人，他对烧煤的用户好像有所预设，又好像没有预设，一切都是未知数。杨师傅说，他什么都没想，就是瞎编着玩，打发一下时间。

你干得不错，把矿上的女孩子都吸引到你这里来了。

我也没想到她们会来，她们大概也想编东西。

你认识她们吗？

不认识。

她们两个都是矿上宣传队的队员，你没看过她们的表演吗？

看过是看过，她们在台上跳来跳去，我也分不清谁是谁。

指导员还有话问杨师傅：最近宋师傅又请你去他们家喝酒了吗？

没有。

多长时间没去了？

我也说不好，至少有两三个月吧。

不会吧，我听说你经常去宋师傅的家呀。

杨师傅听出指导员的话背后似乎还有别的话，这不能不让他有所警惕。这时他不仅脸寒，还有些胆寒，差点儿打了一个寒战。他连连摇头，否认了经常去宋师傅的家。又说都是宋师傅让他去，他不好老是推辞，偶尔才去一次。

这也没什么，听说你在工作面救过他的命，他感谢你也是应该的。

四

杨师傅他们住的宿舍，被说成是单身职工宿舍。单身的说法，是从单身汉来的，意指一个男人还没有成婚，还是单身一个，没有变成双身。其实这种说法并不准确，因为住在单身职工宿舍里的人，大都是结过婚的人，并不是真正意义上的单身汉。只不过，他们常年一个人在矿上生活，夫妻长期两地分居，虽不是单身汉，跟单身汉也差不多。拿杨海良师傅来说，他不仅在农村老家结了婚，娶了老婆，还有了两个女儿和一个儿子。老婆不在矿上怎么办呢？好在国家有规定，每个职工每年可以享受十二天探亲假。每年十二个月，等于从每个月抽出一天，就构成了每年总共十二天的探亲假。既然平均每个月可摊上一天，有人提出，让每个职工每月享受一天探亲假，不行吗？矿上的答复是，想什么呢，让你们每个月回家一回，往返的路费算谁的！有的职工离老家比较远，回家一趟，仅在路上就要走三四天时间，这个时间怎么算？还有，你们每个月都有机会和老婆在一起，会造成精力分散，影响抓革命，促生产。所以，这种想法只能是异想天开，根本不可能实现。那怎么办呢？每年回家探亲的矿工，只能紧锣密鼓，加班加点，把一天当成两天或三天使用。看看那些刚刚探亲归来的窑哥们吧，个个面黄肌瘦，疲惫不堪，都是加倍付出过的样子。同时，他们心满意足，又像是满载而归的样子。

宋师傅没跟杨师傅在一间宿舍住，他也不在单身职工宿舍里住，而是和老婆、孩子在一起，住在矿上另设的家属区里。这就是说，宋师傅和杨师傅有区别，宋师傅不是单身职工。宋师傅两口子是双职工吗？也不是。双职工指的是夫妻二人都是国家的职工，都有正式工作。而宋师傅的妻子只有非农业户口，并没有正式工作，也不算全民所有制的国家企业职工。要说双的话，宋师傅夫妻只能算是双户口，双双都是非农业户口。户籍制度刚建立的时候，宋师傅在矸石山旁边搭了一个小棚子，已让妻子跟他在矿上住了一段时间。那时户籍登记和管理还不是很严格，宋师傅就把他妻子的户口登记在矿上了。于是，他妻子的户口就不是农业户口，而是非农业户口，也就是城镇户口。宋师傅没有想到，妻子的城镇户口会给他们全家带来那么多好处。因为妻子在矿上有了户口，矿上就在家属居住区给他们家分了两间平房。

不管他什么时候从井下出来，什么时候到家，知冷知热的妻子都会在家里等他，为他做吃做喝，端吃端喝。因为妻子有了户口，他们家就有了粮本，国家就会按每个人的定量供应标准，按月给他们家提供粮食。他妻子要是还是农业户口的话，就得在生产队里挣工分，按工分多少分粮食。农民吃粮历来没有什么保障，天旱了，地淹了，或是遇到了虫灾，庄稼收成不好，就分不到多少粮食，连糊口都糊不住。有了国家供应的商品粮就好了，等于旱涝保收，起码吃饱饭不成问题。更大和更长远的好处是，因妻子有了城镇户口，他们所生的儿子、女儿都随之报上了城镇户口，都有了一定标准的口粮。不仅他们的孩子可以上城镇户口，等他们的孩子有了孩子，子子孙孙，都可以上城镇户口。户籍政策规定，孩子落户以女方为主，女方的户口在哪里，生下的孩子户口就可以落在哪里。而男方不管在哪里工作，不管有什么职务，其孩子的户口都不能随着他的户口走。比如杨海良师傅，因他老婆的户口在农村，他的三个孩子的户口只能落在农村。

宋师傅全家的户口都在矿上，显示出了他们生活上的优越。任何优越都是比较而言，宋师傅家生活条件的优越性，也是与矿上的其他人比较出来的。全矿将近三千名职工，绝大部分是男职工。那么多男职工，老婆的户口在矿上的少而又少，连百分之二都不到。拿矿上的革命委员会主任来说，作为全矿的第一把手，他的妻子总算有矿上的户口，他的五个孩子也都有矿上的户口。可因他妻子在矿上并没有正式工作，他们的家庭也算不上双职工家庭。再拿矿上的革命委员会副主任来说，因他参加过抗日战争、解放战争，还参加过抗美援朝，并立过战功，转业到矿山后，才由组织上负责，给他介绍了一个比较年轻的有文化的妻子。他的妻子在矿上的医院当医生，工作是正式的工作，户口也是真正的城镇户口。像采煤连的指导员这样的中层干部就不行了，他虽然也是国家的正式干部，定的也有干部级别，可因他在农村找的老婆，他老婆的户口只能是农业户口，所生的四个孩子的户口也只能落在农村。有的连的指导员，在冬天农闲的时候，会让自己的老婆带着孩子到矿上住一段时间。因为每个指导员都有一间单独的办公室带卧室，家属到矿上临时居住比较方便。可是，宋师傅和杨师傅所在的采煤连的指导员，从没有让他的老婆和孩子到矿上来住过。听指导员的老乡在私下里说，指导员嫌他老婆长得不好看，还嫌他老婆识字少，就坚决拒绝老婆到矿上露面。当干部的每年也是十二天探亲假，去年他连探亲假期间都不回老家，他弟弟在东北某部当兵，他跑到部队看他弟弟去了。

中秋节前，杨师傅把花篮编好了，他一丝不苟地天天编，天天编，花了一个多月时间，才把整个花篮锁了边，并编上了篮系子。在编花篮的过程中，他连一点儿别的材料都没用，全部用的是炮线。在编篮系子的时候，他曾想找一根比较粗的铁丝做篮系子。但他试了试，觉得铁丝比较硬，与整个花篮的软硬不太和谐，就没用。他把三十根彩色炮线拧成一股，最终做成了半圆形的花篮系子。他把花篮的系子在手中握了握，提了提，觉得很是合手。杨师傅喜欢自己所编的花篮，却没有把花篮放在明面上，更没有把花篮拿到外面炫耀。指导员说过炮线是公家的东西，指导员的说法让他有些心虚，他用公家的炮线编的东西，还是别让更多的人看见为好。他把花篮放进那个炸药箱子里面去了。杨师傅不会把花篮一直放在箱子里，好比一个写东西的人，写了东西还是希望能够发表。他已经想好了，要把花篮作为一件礼物送人。在一开始编花篮的时候，他的目的性并不明确，没有想好要把花篮送给谁。编着编着，特别是两个女孩子去他的宿舍看他编花篮之后，他的目的才逐渐明确了。至于把花篮送给哪一个，目前只有他自己心里清楚。宋师傅是他的好朋友，他连宋师傅都没有告诉。

中秋节那天，临下班前，宋师傅告诉杨师傅，让杨师傅晚上去他家吃晚饭。杨师傅推辞了一下，说不去了吧。

宋师傅说：咱们哥们儿，你跟我还客气什么，我叫你去，你就去，晚上一块儿喝上两杯，共同欢度中秋节。

我去了净给宋嫂添麻烦，宋嫂又得忙活一阵子。

她不怕麻烦，越忙活她越高兴。中秋节好歹也是一个节日，总得过一过。八月十五杀小鸡，她昨天就买回了一只公鸡，今天晚上给咱们炖鸡肉吃。你一个人在矿上，过节的时候，家里的老婆孩子不知怎么惦记你呢！我请你到我家过节，家里人知道了以后就会放心一些。

那倒是。在我们老家，也很把中秋节当回事，把中秋节说成团圆节。一年里的节日，除了春节，第二个看重的节日就是中秋节了。只是我知道你的儿子和女儿都从乡下回来了，我给两个孩子带点什么呢？

你不必客气，什么都不要带。两个孩子都大了，不想再让大人为他们操心，需要什么他们自己买。

你别管了，让我想想。八月十五月儿圆，我空着两只手去你们家，那像什么样子！

下午，杨师傅专门儿去了一趟北面山村的果园，买了两种水果，一种是苹果，一种是葡萄。把水果拿回矿上的宿舍后，他把苹果装进一只塑料网兜儿里，把葡萄装进那只花篮里，准备作为去宋师傅家所带的礼物。苹果共六个，品种的名字叫国光。国光苹果红中带青，青中带红，又圆又光，似可入画。不知葡萄是什么品种，但见两串儿葡萄都熟得紫溜溜的，每一粒葡萄上都附有一层白霜。这样的葡萄配上这样的花篮，乍一看，好像彩色的花篮里盛了两束紫色的花朵。

杨师傅准备好了礼物,并没有马上动身去宋师傅家。单身职工宿舍在矿上的生活区，家在矿上的职工和家属住在家属区，生活区在东面，家属区在西面，要从生活区走到家属区，需经过矿上的办公楼门口、矿工人俱乐部门口、大食堂门口，还要穿过矿上的篮球场等。杨师傅不想让工友们看到他在过节的时候去宋师傅家，想等天黑以后再过去。

大韩看到了杨师傅准备的礼物，问杨师傅，是不是又要去宋师傅家喝酒。

不一定。杨师傅说。

带上我，我跟你一块儿去怎么样？大韩看着杨师傅，讪笑着，满怀渴望的样子。

杨师傅知道大韩喜欢喝酒，酒量还不小，如果二锅头是老二，他就是老大。而且，大韩喜欢划拳，闹酒，一闹酒满场子都是他的声音。他可不敢带大韩去宋师傅家。他说：我说了，我去宋师傅家不一定喝酒。

我敢肯定，你去了肯定有酒喝。一年只过一次八月十五，喝点酒才对得起月亮。你去了不但有酒喝，还有肉吃。宋师傅跟你说的话我听见了。你放心，我去了不会跟你争酒喝，我少喝一点儿还不行吗？

要去你自己去，我不会让你跟我一块儿去。你去了，要是宋师傅留你，那是看得起你。要是不留你，我一点儿办法都没有，大路朝天，各走一边，你跟我一块儿去算怎么回事！

大韩这才指着杨师傅说：你这人真不够意思，我跟你说着玩儿呢，你就当真了。实话对你说吧，你就是拉着我的手让我去，我都不会去。我又没救过人家的命，人家的锅里又没下我的米，我去干什么！酒谁没喝过，人要脸，树要皮，我大韩不会为喝酒的事儿丢面子。

杨师傅知道，大韩的话是两头说，也是试着说。你要是抹不开面子，答应带他去，他就给你来个热粘皮，去宋师傅家蹭酒喝。你要是拒绝带他去呢，他就说自己是说笑话，给自己一个台阶下。杨师傅当然不会把大韩两头说话的底细说穿，要给大韩留面子，他说：我知道韩师傅是在说笑话。

大韩问：你用花篮盛葡萄，人家把葡萄留下后，你是不是还要把花篮拿回来？

看情况吧。

看什么情况？

要是宋师傅的孩子喜欢花篮，就送给他们算了。

你费了那么大的功夫才编了这么一个花篮，我建议你还是拿回来。送了葡萄就可以了，没有连花篮一块送人的道理。

你是什么意思嘛？

比着你编的花篮，我也想编一个。等我回家探亲的时候，送给我的小闺女当玩意儿。

你最好不要编花篮了。

为什么？

上次指导员对我说，炮线也是公家的东西，捡到炮线应当交公。

大韩骂了一句粗话，说什么公家的东西，人还是公家的人呢，尿尿的时候，还不是各人尿到各人的窑儿里。

五

太阳落下去了，月亮升起来了。

看月亮看得多了，杨海良师傅摸到了一些月亮起落的规律。新月总是升得早，往往抢在太阳前面，半夜里就悄悄爬上了夜空。等到太阳升起来了，月亮还没有落，仍在天空挂着。日月同辉的情景，往往在这种情况下出现。残月总是升得晚，随着月亮的缺口越来越大，月亮有些自惭似的，一天比一天升得晚。人们在睡觉前很难看到月亮，月亮最能按时升起的时间，是在每月的农历十五那一天。到了十五那一天，西边的红太阳刚落山，东边的白月亮就及时升了起来。好像只有在十五那一天，日月才能真正做到按时交接班，才能实现正常轮换。这也正是农历可信赖的地方，它的可信度有亘古不变的月亮证明。而阳历就不行，月亮似乎不大理睬阳历，它的圆缺好像与阳历没什么关系。农历十五的月亮不但能按时升起，而且总是又圆又大。特别是中秋节那天的月亮，好像知道了人类要欣赏它，总是圆得无与伦比，也大得无与伦比。这天，杨师傅到宿舍门外看了一眼，惊喜的同时，感觉月亮不像是从东天升起来的，好像是从他脚边的地上升起来的。又感觉月亮离他很近很近，似乎一不小心就会碰到月亮的大脸。杨师傅心说，天气真好，连一点云彩都没有，月亮真好，好得这么圆满，圆满得好像不能再圆满了。

杨师傅提上礼物刚要出门，宋师傅的儿子宋春晖上门来喊他，他有些抱歉似的说：你看，我正要过去，又让你跑了一趟。

宋春晖说：我爸怕您不去，就让我来请您。

我说了去，一定会去。

宋春晖看到了杨师傅手里提的礼物，说杨叔叔真客气，还买了苹果和葡萄。他要帮杨叔叔提礼物，杨师傅只把苹果交给他提，花篮里的葡萄仍提在自己手里。杨海良是从小看着宋春晖长大的，对宋春晖的情况比较了解。宋春晖在矿上读的小学，去矿务局中学读的初中，是 1967 届的初中毕业生。他在 1969 年春天下乡插队，接受了两年贫下中农再教育，今年春天被招工回到矿上，当上了掘进连的一名掘进工。在路上走着，杨海良问宋春晖在掘进连干得怎么样，适不适应。

明月上升，月光铺地。宋春晖说：还可以。

掘进工作面的断面小，空间小，要比采煤工作面安全一些。

是的，我知道。

不管干什么，还是要处处注意安全。我和你爸爸共同的看法是，一个人的安全不能光靠制度管，也不能只靠别人管，主要还是靠自己管自己，靠自己的自我保护意识。做好自我保护，是对自己负责，也是对家里的亲人负责。

我爸爸的自我保护意识好像不如您那么自觉。

杨海良一听就明白，宋春晖话后指的是他爸爸那次所发生的事故。他说：井下的危险太多，有时难免会发生一些意外。

二人走到工人俱乐部门前，看到有一个人，坐在俱乐部门前的台阶上，在月光下低着头拉二胡。他拉的是一支舒缓的、忧伤的曲子，曲调与月光似乎有一些关系。宋春晖认出拉二胡的人是他的一起插队回矿的同学，就喊了同学的名字，说今天是中秋节，应该拉一些欢快喜庆的曲子，老拉忧伤的曲子干什么！他的同学听见他的话跟没听见一样，只管有些忘我似的拉下去。

走过矿上的篮球场时，杨海良对宋春晖说：你打篮球打得不错，经常打打篮球对身体有好处。

这时宋春晖对杨叔叔说了一个消息，说矿上篮球队的教练也认为他比较适合打篮球，等篮球队下一次再集训的时候，准备把他吸收到篮球队里参加训练。

听到这个消息，杨海良很高兴，说那好那好，能去篮球队打球，那可是百里挑一。等你去了篮球队，找对象就比较容易了。现在的女孩子，一是愿意找当兵的，第二就是愿意找运动员。

找对象的事我还没想过。有可能去篮球队的事，我也没跟我爸爸说过。我爸好像不太喜欢让我打篮球。

那我知道你爸的心思，篮球场上竞争和对抗激烈，你爸可能怕你受伤。你不知道你爸多么喜欢你，你出生的时候，你爸一高兴，喝酒都喝醉了。你下乡插队期间，你爸也经常跟我念叨你。

矿上的家属区是一片平房，平房周围虽建了围墙，与旁边的农村隔开，但家属区的门口是敞开的，门口儿连大门都没有，进出都很方便。宋师傅家所住的平房是两间，外带小半间在门口一侧搭建的厨房。宋师傅两口子住外面的一间，儿子宋春晖和女儿宋秋明住分成两个半间的套间。外面的一间除靠墙支有一张大床，还靠窗放有一张桌子。桌子中央放的是毛主席半身石膏像和一本红皮烫金字的《毛主席语录》。他们家的餐桌是一张矮脚的正方形餐桌，大小跟一张炕桌差不多。不过他们家的餐桌从来不往床上放，不用的时候，放在高桌子下面，用的时候，临时从高桌下面拉出来。

月亮升到了树杈上，月亮像是银色，树杈像是铁色。杨海良跟宋春晖一起来到宋师傅家时，宋师傅已摆好了餐桌，放好了板凳，四个下酒菜已摆到桌面上，酒也烫上了。四个下酒菜是：一盘花椒大料煮黄豆，一盘油腌葱丝拌猪耳丝，一盘醋熘辣白菜，还有一盘炒鸡蛋。宋师傅把盛了酒的陶瓷小酒壶放进盛了上半缸子开水的搪瓷茶缸子里，茶缸子里的开水冒出徐徐的热气，曲酒的香气似乎也开始在屋里弥漫。进得屋来，杨海良先送上他的礼物。苹果一句话带过，葡萄也不必多说，杨海良主要说的是花篮，他说：这个花篮是送给秋明的，再过两天就是秋明的生日，叔叔送给秋明这件礼物，提前祝秋明生日快乐!

杨海良说这番话时，宋秋明还在她的半间小屋里没有出来，听杨师傅这么一说，宋师傅喊女儿赶快出来，看看你杨叔叔给你送的什么生日礼物。

宋秋明一撩印花布帘从小屋里出来了，她大概已经听到了杨叔叔说的话，满面含羞地说：谢谢杨叔叔还想着我的生日，您要是不说，我都忘了。

这时，宋师傅的妻子宋嫂也从厨房里出来了，她一边在围裙上擦手，一边说：你看你杨叔叔想得多周到，给你送了这么好看的花篮，还有你最喜欢吃的葡萄。前些日子，我就听你爸说你杨叔叔在用炮线编花篮，我还不知道给谁编的，原来是给你这闺女编的呀!

宋秋明接过花篮，提溜到眼前看了看，说：真好看，杨叔叔真是心灵手巧，比我爸爸强多了。

宋师傅说：编花篮可不容易，我承认我比不上你杨叔叔。编花篮心里得有花篮，手上才能编出花篮。编花篮不光要心灵手巧，还得有耐心。我就没有那个耐心。

所以你得向杨叔叔学习。宋秋明又说：这么多葡萄我一个人也吃不完呀!

妈妈笑着说：你这个臭丫头，谁说让你一个人吃完。

过中秋节，吃月饼，也吃瓜果。让你爸你哥也吃一点儿嘛！

宋秋明笑得更害羞了，她说：我以为葡萄也是杨叔叔送给我的生日礼物呢！那好吧，花篮我留下，葡萄大家一块儿分享。

宋师傅家的规矩跟农村的规矩差不多，喝酒时家里只男人上桌，女人都不往桌前坐。表面的理由是男人喝酒，女人不喝酒。深层次的理由，还是传统文化中男尊女卑的观念在起作用。别看当时正在大张旗鼓地“批林批孔”，别看男女平等的口号喊得震天响，一旦进入家庭，一切还是按老规矩办。这家的主妇正一个人在厨房里忙活，这家的女儿洗了一些葡萄，一个人躲到自己的小屋里吃去了，上桌喝酒的是两个老矿工和一个新矿工，或者说是两个采煤工和一个掘进工。如果说这个酒场也是一个采煤场子的话，主导者还是宋师傅。宋师傅对儿子宋春晖说：春晖，给你杨叔叔倒酒。

宋春晖从烫酒的茶缸子里取出小鸟儿似的小酒壶，先给杨叔叔倒了一杯，再给爸爸倒了一杯，然后才给自己倒了一杯。宋春晖当上工人后，也在外面跟工友们一块儿喝酒，对酒文化已懂得一些。他倒好了酒，并不发话，等爸爸发话。酒是当地产的大曲酒，是凭有限的酒票买来的。井下潮气大，寒气大，矿工喝一点儿酒，对身体有好处。但因为酒的供应量所限，矿工平日里也很少喝酒，只有在过节过年的时候才喝一喝。宋师傅端起酒杯说：今天是中秋节，天上没有云彩，月亮出得不错。我把你杨叔叔请到咱们家里来，咱爷们儿喝上几杯，高兴高兴！说罢，把酒杯跟杨师傅和儿子的酒杯分别轻轻碰了一下，就把一杯酒喝干了。宋师傅对酒的评价是：这酒还行，还是这个味儿。杨师傅和宋春晖也把杯中的酒喝干了。杨师傅说：谢谢宋师傅！杨师傅刚把酒杯放下，宋春晖就分别给三只酒杯里倒满了酒。他把小酒壶摇晃了一下，感觉里面的酒不多了，就拿过有些发绿的玻璃酒瓶子，往小酒壶里添了一些酒。宋师傅拿起筷子说：咱们慢慢喝，不着急，吃几口菜，垫垫底子再接着喝。按农村的规矩，坐桌吃菜的人要受主人的引导，主人的筷子指向哪个菜，别人就只能夹那个菜，不能乱夹，乱夹就失了规矩。在矿上，这个规矩基本上被取消了，比如宋师傅就说：咱们没有那么多规矩，谁想吃什么，就吃什么。宋师傅夹的是酸辣白菜，杨师傅夹的是一粒黄豆，宋春晖夹了一筷子猪耳丝。用筷子夹白菜和猪耳丝比较容易，夹黄豆有一定难度。两根筷子一次只能夹一粒黄豆，要是掌握不好，或许夹不住，或许夹住了，但夹得不稳不牢，圆圆的豆子又落回盘子里。杨师傅夹豆子却夹得稳稳当当，夹起一粒就放进嘴里去了。

宋春晖吃了猪耳丝和鸡蛋，也想夹一粒黄豆试试，可他一夹，二夹，都夹不起来。他冲厨房里喊：妈，黄豆用筷子夹不起来，您拿一个小勺儿来。

来啦来啦！妈妈答应着，赶快把一只白瓷蓝花的小勺儿拿了过来，放在盛黄豆的盘子上，说你看我，一忙就把拿小勺儿的事给忘了。你们慢慢喝，慢慢吃。一年只有一个八月十五，你们喝好吃好。说罢又回到厨房忙活去了。月饼已经准备好了，新的馒头也蒸好了，鸡肉正在铁锅里用文火炖着，按说她这会儿在厨房里没什么可忙的。可是，不管她在厨房里有没有事情可干，她都愿意一个人在厨房里待着，好像只有厨房里才有她的位置。

喝酒时，他们没有关门，月光从门口上方洒进门里一些，门口的地上有一方子白。三个人把温酒喝了一会儿，他们脸上也有了光。那光不是月光，是红色的酒光。酒的酒精度和酒的温度不是一回事，不管酒是凉酒还是热酒，酒里所含的酒精度是不变的。而把凉酒温一下再喝呢，喝起来胃会舒服些，酒精的力量也会发挥得更快一些。另外，人的年龄不同，喝酒的速度和对酒的敏感度也不同些。岁数大一些的人喝酒比较慢，兴奋劲上来得比较迟。而年轻人喜欢喝快酒，三杯两杯下肚，眼睛里光点闪闪，话也多起来。宋春晖端起一杯酒说：我今天得敬杨叔叔一杯酒，我听说您救过我爸爸的命。

你听谁说的？杨叔叔问。

矿上很多人都知道，我的那些同学也知道。

这是一件小事，不值得一提。好多事怕传，一传就好像成了大事。不光是我，谁遇到自己的工友被煤埋住了，都会伸手拉一把。那天也赶巧了，你爸被落煤埋住的时候，我正好在他身边，就赶快把你爸扒了出来。说来也是你爸的命大，要是再多埋一会儿，人就危险了。好，这杯酒我喝，咱们共同祝你爸爸身体健康！

宋师傅夸奖了儿子宋春晖，说春晖真是长大了，懂事了。儿子你记着，你杨海良叔叔可是你爸的救命恩人，要不是你杨叔叔救我，就没有你爸的今天，也没有咱们全家的今天。所以说呢，我要感谢你杨叔叔。咱们全家都要感谢你杨叔叔，祖祖辈辈都要念你杨叔叔的好！

心刚大哥，您说高了，说高了，海良我不敢当啊！

六

家属区的房子一共有三排，每排住四五户人家。宋师傅家住在中间那一排。前面那排房的后墙上用红油漆刷的大字标语是：千万不要忘记阶级斗争，要斗私批修。他们家这排房的后墙上刷的标语是：将无产阶级文化大革命进行到底！他们家的人出门就能看到前面后墙上的标语，开后窗却看不到他们家后墙上的标语。他们家的门口对着前面一家的后窗，那家的人在中秋之夜也在喝酒，划拳声从后窗传出来。哥俩好啊，三星照啊；七个巧哇，八匹马呀……划拳划得声音很大，听来像吵大架一样。从划拳的声音听出，参与喝酒的人还不少，至少有七八个。住在他们家后面的那一家，两口子正在吵架，吵着吵着好像还动了手。那家的男人倒是没在家里摆酒场，但他在外面喝了酒。把酒喝多之后，不知他回家时对老婆提出了什么不合理的要求，老婆坚决不答应，骂他是畜生。那男人承认他就是畜生，声称他就是想当畜生。他老婆还是坚决不答应。他一把没抓好自己的老婆，老婆就推开他，一个人跑到月亮地里去了。住在宋师傅家东边的那一家，家里的男人是矿上政工组的干事。干事当晚打的是自家的儿子。刚上小学的儿子，被打得哇哇大哭，已经从家里跑了出来，干事仍不依不饶，在后面追着还要打儿子。干事一边追，一边骂：他打你，你不会打他吗！你这个没用的东西，老子今天要好好教训教训你！附近农村有一个家庭成分是富农的小学老师，他在学校受过批判之后，精神受到刺激，神经出了问题。他出问题的表现，就是一天到晚不停地背诵《毛主席语录》，走到哪里背诵到哪里。他这晚背着背着，大概忘了回家的路径，竟然走进了矿上的家属区，又走进两排房之间的死胡同。从宋师傅家门口往东走时，他以朗诵的口气边走边背。伟大领袖毛主席教导我们说：谁是我们的敌人？谁是我们的朋友？这个问题是革命的首要问题。中国过去一切革命战争成效甚少，其基本原因就是因为不能团结真正的朋友，以攻击真正的敌人。伟大领袖毛主席教导我们说：革命不是请客吃饭，不是做文章，不是绘画绣花，不能那样雅致，那样从容不迫，文质彬彬，那样温良恭俭让。革命是暴动，是一个阶级推翻一个阶级的暴烈的行动。他走得快碰到了东边围墙的墙壁，才不得不停止了行走和背诵。他把月光下的墙壁看了一会儿，似乎才认出挡在他面前的是一面墙壁，说嘿，这儿过不去。他打了折返，沿原路往西边走去。刚转过身，又把语录背诵上了：无产阶级文化大革命，实质上是在社会主义条件下，无产阶级反对资产阶级和一切剥削阶级的一场政治大革命……

宋嫂把月饼盛进一只盘子里，端到了餐桌上。月饼是两块，她把每块月饼切成四块，一共切成了八块。她把切开的月饼对在一起，仍保持着月圆的形状，跟没切过一样。她问酒喝得怎么样了，吃点儿月饼吧。

宋师傅对妻子说：你也坐下喝一杯吧，都忙了半天了。有时他一个人在家喝酒，也会让妻子陪他喝一杯。妻子老说自己不会喝酒，喝酒瞎搭了。宋师傅不知道会不会喝酒有没有评判标准，不知道谁算会喝酒，谁算不会喝酒，也不知道谁喝了酒是瞎搭，谁喝了酒不是瞎搭。但他知道，妻子很少喝酒是舍不得喝。妻子知道他喜欢喝一点儿酒，在凭票买酒的情况下，就把酒省下来给他喝。

我还喝吗？妻子没有马上坐下，看着宋师傅。

喝一点儿吧，大家一块儿过节嘛。

宋嫂这才解下系在腰间的围裙，在桌前的小凳子上坐下了。宋嫂穿的是黑色的裤子，带襻儿的布鞋。宋嫂穿的上衣是一件灰色的中式对襟布衫，领子是立领，扣子是盘蝶扣儿。宋嫂布衫上的每一对扣子都系得紧紧的，连立领下面的那一对扣子都系得严丝合缝。别看宋嫂一直在厨房里炒菜做饭，她全身上下却干干净净，连一个污点都没有。宋嫂留的是剪发头，两只细细的卡子把两鬓的头发卡在了耳后，露出了白白的耳朵和光光的前额。宋嫂的眉毛弯弯的，鼻梁直直的，牙齿齐齐的，一切都很平常。是的，宋嫂的长相并没有什么特别出色的地方，也没有什么不出色的地方。她的神情与她的长相一样，也是平和的，内敛的。她说话都是轻声慢语，从来不大声嚷嚷。她的笑从来都是微笑，她的微笑仿佛是与生俱来，是自带。如果拿中秋节的月亮作比，宋嫂干净得像月亮一样，安静得也像月亮一样。

宋春晖为妈妈倒上了酒。他倒酒倒得有些满，满得几乎和杯口持平。

妈妈说：我儿子可真实性，你是怕你妈喝不够啊！她端起酒杯说：杨师傅是咱们家的客人，我敬杨师傅一杯吧，祝杨师傅节日快乐！

杨师傅也把面前的酒杯端起，说谢谢宋嫂，这杯酒我一定要喝。我上面没有哥，心刚大哥就像我的亲哥一样，我也没有嫂子，宋嫂就像我的亲嫂子一样。你们对我这样照顾，我不知道怎样感谢你们才好啊！这样说着，杨海良一扬脖子把酒喝干了，眼里突然有了泪光。

宋嫂也把酒喝了下去。她在灯光下看到了杨师傅眼中的泪光，赶紧低下了眉。她不能看见别人眼里的泪光，水照水，光映光，看见别人眼里的泪光，说不定她自己眼里也有了泪光。

宋师傅把女儿宋秋明也从小屋里喊了出来，说：你杨叔叔送给你那么好看的花篮，你不给你杨叔叔敬杯酒吗？

宋秋明窘迫地笑着说：我也想给杨叔叔敬酒，可我不会喝酒怎么办呢！

你不会喝酒，难道你杨叔叔也不会喝酒吗！你把酒敬给杨叔叔喝，自己不喝就是了。

这样行吗？

爸爸说行就行。

他们家只有四只小凳子，没有宋秋明坐的地方。妈妈起身把自己坐的小凳子让给宋秋明，说：你坐在我这儿吧，我去把鸡肉盛出来，咱们准备吃饭。说罢转进厨房里去了。

宋秋明在妈妈刚才坐的座位上坐下来，两只手端起面前的一杯酒说：我不会说话呀，我说什么呢？他看着杨叔叔，见杨叔叔正在看她，她就不敢看杨叔叔了，转向看着爸爸。宋秋明一滴酒未尝，却已满脸绯红。宋秋明还没有年满十八周岁，她的羞，还是少女一样的羞；她脸上的红，还是少女一样的红。加之宋秋明胖胖的小脸儿生得比较白净，桃花一枝春照水似的，她脸上的红就显得更红。

爸爸说：你想说什么，就说什么。这个话必须你自己说，谁都不能代替你。你自己说出来，才能代表你的心意。你都参加工作了，都成了工人阶级队伍中的一员了，不学会说话怎么能行呢！好了，说吧！

杨师傅说：别为难孩子了，什么都不用说。

没事儿，让她说。人长大了，总得说话，老不说话怎么能行呢！

宋秋明塌下眼皮，像是想了一下，才抬起眼来说：我长这么大，第一次收到这么好看的生日礼物。杨叔叔编这个花篮，不知费了多少心呢。我一定要把这个花篮保存好，不管啥时候儿看见花篮，都会想起杨叔叔。我不知道怎么感谢杨叔叔才好，就听我爸爸的话，敬杨叔叔一杯酒吧！

杨师傅说：好，秋明说得好，秋明很会说话，不愧在农场里接受过锻炼。听了秋明的话，叔叔都感动了，都不知道说啥好了。他双手接过秋明递上的酒，一饮而尽，说谢谢好孩子！

宋师傅的样子有些得意，说：我就知道他们，他们在同学堆儿里，小嘴儿吧嗒吧嗒，话说得溜着呢。只是回到家里，在父母面前，他们就不愿说了。

宋秋明说：那是的，我们同学在一起都是胡说八道，很少说正经话。胡说好说，正经话难说。胡说不用过脑子，正经话得过脑子。我要是说不好，您又该批评我说话不过脑子了。

杨师傅拿了一块儿月饼，递给宋秋明说：我们都吃过月饼了，你还没吃呢，你也吃一块儿吧。

宋秋明接过月饼，咬了一口，却看着爸爸说：杨叔叔比我爸还知道照顾我呢！

这话对杨海良来说有些敏感，他赶紧把话题岔开，问宋秋明：我听说把你分到矿灯房去了，你什么时候开始上班？

过了国庆节就开始上班。

在灯房工作挺好的。只有在煤矿，才会有专门的灯房。你知道人家怎样比喻矿灯吗?

知道，说矿灯是矿工的眼睛。不过吧，我觉得这个比喻不太准确。每个人的眼睛是两只，发给矿工的“眼睛”只有一只，那矿工不是成了独眼龙嘛!

宋春晖起身到门外去了，他大概要去一趟厕所。这个家属区只有一个公共厕所，在家属区北面的最底部，厕所后面就是农村的庄稼地。这样的厕所，设计者的思路是正确的，懂得农民的心理。因为厕所后面的粪池是敞开的，附近视肥料为宝的农民不请自到，争先恐后地就把粪便淘走了。

爸爸认为宋秋明说得不对，他说：每个人有两只眼睛是不假，下井再安上一只，就是三只。你知道谁有三只眼吗?

宋秋明摇头，说不知道。又说好像听说过，但想不起来了。

不知道吧，告诉你吧，神仙马王爷呀！马王爷就是三只眼。有一句话经常说，不让你瞧瞧我的厉害，你就不知道马王爷三只眼。因为我们下井的人有了三只眼，就都成了马王爷，一个比一个厉害。

宋秋明把三只眼的样子想象了一下，不由得笑了。她说：我们灯房的领导说了，等我们上班以后，他要带我们这些刚参加工作的新工人到井下看看，看看井下到底有多黑，体验一下矿工师傅们的辛苦，感受一下矿灯的重要性。等我戴上矿灯下井的时候，我不是也成了马王爷嘛！

宋师傅哈哈笑了，说长了三只眼的女马王爷，那是必须的，那是肯定的。

听着宋心刚父女俩在说笑话，杨海良的心思难免回到了千里之外的老家，想到自己的妻子和孩子。宋秋明参加工作后，等于宋师傅一家四口都有了工作，都可以挣工资。宋嫂的工作虽说不是正式工作，但她在矿上的幼儿园里帮人家看孩子，每个月也能挣二十多块钱。他家的情况如何呢？他的三个孩子虽说也都读到了初中毕业，大女儿已经出嫁了，二女儿和儿子只能和他的妻子一样，在生产队里干农活儿，挣工分。由于他们那里的粮食产量低，工分的分值也很低。一年到头决算下来，一个工分才值两分钱。按一个壮劳力一天挣十分的话，满打满算一天才挣两毛钱。像杨师傅的妻子和两个孩子，都不算壮劳力，每天都挣不到满分，只能挣七八分。用七分八分乘两分钱，只有一毛多钱，连两毛钱都不到。而在矿上当工人呢，下一班井就能挣两块多钱，一个月能挣六七十块钱。也就是说，一个矿工每个月的收入，比他们老家十个壮劳力的收入都多。因他每个月都按时把大部分的工资寄给妻子，他们家的生活会比别人家好一些。尽管如此，在今天过中秋节的时候，他不知道妻子是不是舍得给孩子买块儿月饼吃。他们老家的人都知道过八月十五吃月饼，但能吃得起月饼的人家少而又少。就算他们家能买得起月饼，但妻子买不买月饼却不一定。妻子不能不考虑左邻右舍的心理承受能力，他们家的人吃月饼，别人家的人吃不到月饼，人家心里受不了，会生出气恨。这就是城镇户口与农业户口的区别，这就是家庭与家庭的区别，也是人与人之间的区别。你是人，我也是人，为何会有这样的区别呢？你可以不认可这样的区别，但一点儿办法都没有。

宋春晖从外面回来了，赞叹今天的月亮真是太大了，太圆了，太亮了！他好久都没看到过这样好看的月亮了，真让人高兴。

这时，杨海良说了一句让宋春晖和宋秋明都难忘的话，他说：月亮就像一面大镜子，人看月亮跟照镜子一样，你的心大，看月亮就大，你心里亮，看月亮就亮，你高兴，月亮就高兴，一切全在你的心情。

宋嫂把热气腾腾的热菜和馒头端上来了，热菜除了一小盆儿笋鸡炖茄子，还有一砂锅海米、白菜、粉丝炖豆腐。宋嫂做菜很用心，做的每一样菜都很好吃。在做笋鸡炖茄子时，她先把鸡块儿在锅里翻炒一下，炒至半熟，再添上开水用文火慢慢炖。茄子块儿不能下锅太早，不能和鸡块儿同时炖，如果同时下锅的话，茄子会炖得稀烂，不成形状。待鸡块儿差不多炖熟了，再下茄子也不迟。在下茄子之前，要用凉水把切成块儿的茄子过一下，洗掉茄子里的锈色，鸡汤才不会变黑。用砂锅炖豆腐也有讲究，千滚豆腐万滚鱼，把豆腐滚得胖胖的，收进一些带海米味的汤汁，再收敛下来，才入味，才好吃。但粉丝和白菜不可千滚，连百滚都不用，只四滚五滚就够了。宋嫂从不去矿上的食堂买馒头，都是自己和面，自己用酵头子发面，自己在案板上把面块团成圆形，再醒一会儿，才放进蒸笼里蒸。宋嫂蒸出的馒头不仅形状好看，还有着独特的风味，不就任何菜，你就能吃上一个两个。

月亮越升越高，越来越亮，地上的月光白花花的。杨师傅在宋师傅家喝了酒，吃了饭，要回到自己住的单身职工宿舍时，宋师傅问杨师傅：没事儿吧？今晚杨师傅没少喝酒，他问的意思是没喝多吧？

杨师傅的头有点晕，脚下也有一些轻，但他说：没事儿。

让春晖送你回去。

不用。

还是送送吧。你回去休息一会儿，后半夜咱们还要上班。

我说不用送就不用送，你还不相信你老弟吗！

我当然相信你，要是不相信你，我会请你到我家喝酒吗，是不是！咱们连里那么多人，包括指导员、连长、排长在内，我怎么不请他们呢！我让孩子送你一下是必须的，这个事儿你必须听我的，不然的话，我是不会答应的。

杨师傅听出宋师傅话里的强硬，似乎还有一些话外音，他只好做出让步，说那好吧，咱们一会儿井口儿见。

宋嫂和宋秋明也把杨师傅送到门外，在月光下跟杨师傅摆手说再见。

七

杨师傅在前面走，宋春晖按照爸爸的嘱咐在后面跟。明亮的月光把他们的身影投在地上，他们的影子颜色显得有些深。二人还没走出两排房之间的夹道，迎面走来了一个人，是与杨师傅住同一宿舍的工友大韩。大韩先看到了杨师傅，停下脚步问：怎么，喝完了？

杨师傅愣了一下说：喝完了。

怎么，不再喝点儿？

一会儿还要上班，怎么能老喝！杨师傅明白，大韩想到宋师傅家蹭酒喝，竟自己找上门儿了。他问：你找我有什么事吗？

大韩说：指导员到宿舍里去找你，没找到，问我你到哪里去了。我说你有可能到宋师傅家喝酒去了，他就让我来找你。

杨师傅心里一沉，没有马上问指导员找他有什么事，他转过头对宋春晖说：我跟韩师傅一块儿回去，春晖你就回去吧，不用送我了。

好吧，那我就不送杨叔叔了。

月光无语。直到走出家属区，杨师傅才问大韩：指导员找我有什么事吗？

估计大韩预想的是，他来宋师傅家找杨师傅，杨师傅仍在和宋师傅一块儿喝酒，而且喝得正酣。俗话说烟酒不分家，宋师傅见他来了，一定会让他坐下喝几杯。不料想他还没走到宋师傅的家门口，杨师傅已经从宋师傅家走了出来。他未免有些失望，还有些不悦，没好气地说：我又不是指导员，指导员找你有什么事，我怎么知道！

指导员的家属不在矿上，过节谁都想家，指导员也是一个孤独的人哪！

指导员才不孤独呢，我见他把矿医院的丁大夫领到他宿舍里去了。丁大夫一路走，一路笑，笑得跟下蛋的母鸡一样。

哪个丁大夫？是那个被人称为笑面天使的女大夫吗？

不是她是谁！我听说她在别的矿上乱搞，她男人跟她离了婚，她才调到咱们矿上来了。

你听到的消息真不少，我怎么没听说过。

自己的消息多，就顾不上听别人的消息了。

你这话是啥意思？

啥意思都没有，没意思。指导员看你表现不错，大概要提拔你吧！

你不要讽刺人，我又没惹你，你说话带刺儿干什么！

见指导员的宿舍里还亮着灯，杨师傅没有回自己的宿舍，直接到指导员的宿舍里去了。他不知道丁大夫还在不在指导员的宿舍，用指头轻轻敲门。

哪位？

我，杨海良。

指导员的门锁是暗锁，他从里面把门打开了。

杨海良没敢马上进门，问：指导员您找我？

进来说吧。

指导员的宿舍也是办公室。一间屋用糊了旧报纸的板皮隔开，里边半间是卧室，外边半间是办公室。办公室里有办公桌，有两把椅子，一条长条板凳，桌上放有一台煤块儿一样的电话机。杨师傅进屋后，指导员顺手把门关上了，暗锁的锁舌头弹进锁口。指导员开门时，月光霎时照进屋内。指导员一把门关上呢，等于很快把月光推了出去，并拒之门外。指导员在椅子上坐下了。在杨师傅没来之前，指导员大概在看报纸，报纸还在桌面上打开着。指导员让杨师傅坐一会儿。

杨师傅看了看放在指导员办公桌对面的椅子，没有坐，坐在放在桌子一头儿的长条板凳上。

你没少喝酒呀，中秋节过得不错嘛！

宋师傅让我去，我本来不想去，不想在过节时打扰人家，可宋师傅又让他儿子来叫我，我就只好去了。我没有喝多，不耽误按时下井，更不会影响安全生产。

指导员说：我找你没什么要紧的事，刚才医院的丁大夫来了，她听说你用炮线编的花篮很不错，想看一看。我去你的宿舍，想让你把花篮拿给丁大夫看一下。结果你不在宿舍，我也没看见你的花篮在哪里放着。你们宿舍的韩师傅知道你在宋师傅家喝酒，就自告奋勇要去找你，我不让他去，他还是去了。丁大夫等不及，没等韩师傅把你找回来，她就走了。

杨师傅说：真是对不起，花篮现在不在我手里，我已经把花篮送人了。

是吗，送给谁了？

送给宋师傅的女儿了，后天是宋师傅女儿的生日，我就把花篮送给她当生日礼物了。

宋师傅的女儿我见过，是不是叫宋秋明？

是。

看来你和宋师傅的关系的确非同一般，连她女儿的生日你都知道。话说到这儿了，我问你一句话，想听听你的看法。据群众反映，说宋秋明长得很像你，眼睛、眉毛、鼻子都很像你，你听说了吗？

杨师傅吃惊不小，赶紧摇头，说没有，没有，我没听说过。

一盏带罩子的灯泡儿在桌子上方吊着，灯泡里发出嗞嗞的电流声。指导员在灯光下把杨师傅盯了一会儿说：你是真的没听说，还是装作没听说呢？

我真的没听说过。这个话可不敢瞎说，宋师傅的女儿姓宋，她长得只能像她爸，像她妈，怎么可能会像别人呢！

阶级斗争的复杂性就在这里，有些现象并不一定代表本质，本质往往被有些表面现象掩盖着。

听指导员说到阶级斗争，杨师傅更加心惊。阶级斗争年年讲，月月讲，天天讲，讲来讲去，说不定哪一天就会讲到自己头上。在讲到别人头上的时候，旁观的人会感到庆幸，还有些高兴。一旦讲到自己头上，事情就有些麻烦，无论如何都高兴不起来。刚走进指导员办公室的时候，他的脸色还有些发红，酒劲还没有退下去。这会儿他脸上的红色一点儿都没有了，变得有些惨白。紧张走到手上，他的手梢儿也有些发抖。他把双手放在桌下的暗影里，使劲儿握了一下拳头。当他使劲握拳头的时候，手梢儿暂时停止了抖动，但他刚把手松开，手梢儿又抖动起来，而且比刚才抖动得还厉害。

指导员把杨师傅叫成了杨海良，说杨海良，我看你有点儿紧张啊，你心里是不是真的有鬼啊！

没有，我心里什么鬼都没有。

我告诉你，群众是真正的英雄，群众的眼睛是雪亮的，有些事情你想隐瞒是瞒不住的，瞒过了十五，瞒不过初一；瞒过了月圆，瞒不过月缺，迟早会暴露出来。好了，今天就说到这儿，你回去吧，准备下井去吧。

杨师傅往自己的宿舍走时，有些晕头转向，竟不知不觉向井口走去。直到看到在月光下高高耸立的井架，他才意识到还不到下井的时间。他的预感很不好，似乎有一场灾难要落到他头上。

指导员以反映群众意见的名义，并以发现阶级斗争新动向的名义，把对杨海良的怀疑报告给矿上政工组里的专案组，专案组的人马上立案，立即着手对杨海良的案子进行调查。当时每个矿的政工组都有专案组。所谓专案组，顾名思义，是为调查一个具体的案子，专门成立的临时办案组。一个案子办完了，从一些单位抽调人员组成的专案组就撤销了。可矿上的专案组走的却不是这样的路子，人员构成从一些单位抽调是不错，办的却不是哪一个具体的案子。不管有没有案子可办，先把专案组成立起来再说。既然专案组成立了，就不能闲着，就得找米下锅。专案组不只要办一个案子，有时同时要办两三个案子。一批案子完了，再办下一批案子。实在没案子可办，专案组也不解散，瞪大眼睛等待新的案情出现。是呀，只要阶级敌人人还在，心不死，只要阶级斗争的弦继续紧绷着，怎么可能没有新的案子呢？从这个意义上理解，所谓专案是大专案，是阶级斗争之专案，是狠抓阶级斗争新动向之专案。

这不，案子说来就来了，他们又有事儿干了。通过对案情的分析，他们都觉得这个案子比较新鲜，符合阶级斗争新动向中那个“新”字的特点。同时他们知道，这种牵涉到男女关系的案子，一般来说内容比较丰富，比较生动，破起来比较好玩儿，一点儿都不枯燥。专案组的所有成员都积极请战，要求参与办这个案子。专案组一共五个人，除了组长由政工组的副组长兼任，其他四个人都是从下面的生产连队抽调上来的退伍军人。既然整个煤矿实行的是军管，既然矿上的革命委员会主任由军队的现役军官担任，把政治上可靠的退伍军人使用起来是顺理成章的事。那四个退伍军人除了摘去了领章、帽徽，他们还穿着军装，戴着军帽，保持着军人的作风。包括组长在内，他们有一个共同之处是，他们的老婆都不在矿上，五个人都是单身职工。平日里，他们也很少有机会跟女职工在一起，很少有机会跟女职工说话。他们初步认定，杨海良是这个案子的主犯，案子的名字叫“杨海良借鸡下蛋案”。为了显示对这个案子的重视，也是为了早出办案成果，向矿务局军管会邀功，由组长亲自挂帅，另带一个组员，负责办这个案子。

专案组办案，已经积累了不少经验，知道办案必须找准案子的薄弱环节，从薄弱环节入手，案子才能尽快取得突破性进展。拿杨海良的案子来说，他们虽然认为杨海良是案子的主犯，却没有把杨海良作为主攻目标，因为杨海良不是薄弱环节，极有可能是一个顽固的家伙。那么，他们选的薄弱环节和突破口是谁呢，是宋心刚的老婆。

季节到了深秋，夜里下了秋雨，刮了秋风，杨树的叶子落了一地。这天早上，宋嫂上班刚来到矿上的幼儿园，专案组的组长就给幼儿园的园长打电话，让宋嫂到专案组的办公室去了。宋嫂说：我正上着班，正看着几个孩子，你们让我到这里干什么，有啥事儿吗？

组长说：找你当然有事儿，没事儿让你来干什么！办公室里有一块长方形的案子，组长和那个组员已在案子后面的椅子上坐下，组长一指案子对面的一张连椅，让宋嫂坐。

宋嫂说：我不能坐了，有啥话你们问完，我还要去上班。

不想坐你就站着，这是你的自由。你的态度要老实一些，我问你什么，你就如实说什么。你要是不老实，就把你送进学习班学习。进了学习班，一切就由不得你了，别说去幼儿园上班，连家都不能回。在学习班学习多长时间，取决于你的态度，也许三天五天，也许十天半月。

宋嫂一听，顿时惊恐起来。她听说过学习班，去学习班跟住班房差不多，进去就没好日子过，不脱两层皮，也得脱一层皮。她说：那可不敢，学习班我可去不起，我还等着去幼儿园看孩子呢，我还得回去给我家下井的男人做饭吃呢！

何去何从，就看你的态度是不是老实了。名字！

啥？噢，我没有大名，他们都叫我宋嫂。

你没有大名，难道连小名儿也没有吗？

有，小名儿有，我的小名儿没跟别人说过，我的小名儿叫毛妮儿。

哪个毛？毛是你的姓吗？

我也不知道。

组员面前有一本儿打开的笔记本，他把毛妮儿的名字记下了。组长负责审问，组员主要任务是负责记录。

这次让你来，主要是让你谈杨海良的问题。

听人家提起杨海良，宋嫂脸上红了一下，马上又白了。她说：杨海良我知道，他是我家男人的好朋友。我不知道他有什么问题。

你可以先谈谈对杨海良的印象如何。

如何呢？矿上不少人都知道，杨海良救过我家男人宋心刚的命。要不是杨海良救过他的命，他早就没命了。我不止一次听宋心刚跟我讲过，那天放过炮，他刚要在采煤场子架棚子，头顶的碎煤碎矸石突然冒落下来，他连喊一声都没来得及，就被埋住了，埋得严严实实，连头顶的矿灯都跟灭了一样。杨海良一看他不见了，就赶紧扑下身子扒他。杨海良不敢用镐扒，怕扒到他的头，只能用两只手扒。把他的头扒出来时，他的脖子已成了软的，眼睛也闭上了，喊他他也不答应。杨海良用手在他鼻子前试了试，试出他还有一口气，就抱住他的两个胳肢窝，使劲把他从煤窝里拽了出来。把人拽出来了，他的两只深腰胶鞋留在了煤窝里，工作裤也被拽烂了。亏得杨海良扒人扒得及时，如果耽误一小会儿，一小小会儿，宋心刚的一口气就没了。回头再看杨海良的手，杨海良有一只手上的指甲都扒掉了，血糊流拉的……

组长有些不耐烦地说：你说这些干什么，我们不是来听你对杨海良评功摆好，主要让你揭发他的问题。我来问你，杨海良是不是打过你的主意？是不是跟你发生过关系？

宋嫂知道发生关系的严重性，她吓得大睁着眼睛，显得眼白有些大，眼珠有些僵硬，像一个受到惊吓的孩子。她说没有，啥都没有，杨海良是个好人。她又说：没有的事可不敢瞎说。这话她是对组长说的，又像是对自己说的。

我看你的态度还是不老实，还是在故意包庇杨海良。你要明白，纸是包不住火的，事实最有说服力。据广大群众反映，你的女儿长得很像杨海良，这个现象你怎么解释？

那不可能，我女儿长得像我，别人谁都不像。

组长换一个策略，开始诈唬这个小名叫毛妮儿的女人，他知道，像毛妮儿这样没见过多少世面的矿工家属，是经不起诈唬的。于是他说：其实你交代不交代都无所谓，因为杨海良通过在学习班的学习，已经提高了觉悟，已经交代了。他承认多次跟你发生过关系，你所生的两个孩子都是他的。

我的天哪，这是怎么回事！她问：杨海良真是这么说的？

组长冷笑了一下：这难道还有假，白纸黑字，他交代的事实都在记录本里记着呢，不信把记录本给你看看。说着瞥了一眼组员面前的记录本。

组员明知毛妮儿不识字，还是拿起记录本，向毛妮儿举了一下。

毛妮儿双手捂脸，突然哭了起来。她哭得呜呜的，眼泪从手指缝间流得一塌糊涂。她没有喊天，也没有呼地，没有哭娘，也没有叫爹，哭里没有任何字眼儿，只是哭，她的哭像是动物的哭。只是任何动物都不如她哭得如此持久，如此痛彻心扉。她哭得大概有些头晕，身体摇晃了一下，差点儿摔倒。她的手碰到了连椅的椅子背，就摸索着坐到了连椅上，接着哭。

组长和组员互相看了看，笑了一下。根据他们的办案经验，他们知道，这个矿工家属的心理防线已经被攻破了。在他们看来，人的眼眶好比是堤坝，人的眼泪好比是洪水，当洪水漫过堤坝，倾泻而下，就等于人的心理堤坝崩溃了。心理堤坝一旦崩溃，下一步就该坦白交代了。

正像两个办案人员所预料的那样，毛妮儿哭过之后，稍微平静了一下，就说了实话。她说她和宋心刚生过一个孩子，那个孩子没有成人，一岁多的时候生病死了。宋心刚出过那次事故后，命虽说保住了，命根子不行了，不起作用了。她一心还想要孩子，觉得没有孩子就对不起宋心刚，也对不起老宋家。春天有一天，杨海良去我们家找宋心刚说话。宋心刚那天不在家，我留杨海良在家里坐了一会儿。我对杨海良说，我想要个孩子。杨海良也知道宋心刚的生育能力不行了，他明白了我的意思，我们就那个了。这个事儿她心里一直摆不平，觉得是为宋心刚着想，又觉得对不起宋心刚。她一再为杨海良开脱，说这事儿不怨杨海良，是她找的杨海良，错都出在她身上，不能让杨海良背黑锅，别太为难杨海良。她还向办案的人请求，这事儿最好别张扬出去，因为她的两个孩子都在矿上工作，要是孩子知道了，会在人前抬不起头来。

八

杨海良很快被送进了学习班。学习班不是在杨海良的宿舍办，而是另外找了一个比较隐蔽的地方。负责办学习班的还是诈唬宋心刚妻子的那两个人，还是一个组长，一个组员。在办学习班期间，组长不一定一天到晚盯在学习班里，但那个组员却对杨海良形影不离。组员除了监督杨海良搞好学习，还负有看守杨海良的任务。他不允许杨海良跨出学习班的门口，哪怕跨出半步，也要向他报告。杨海良去厕所怎么办呢？他在后面紧紧跟着，把杨海良保持在伸手可及的范围内。组员这样限制杨海良人身自由的目的：一是防止他与同案人串供；二是防止他逃跑；三是防止他畏罪自杀。

杨海良让看守他的人只管放心，说他不会逃跑，也不会自杀。他在老家有老婆、孩子，他要是逃跑了，自杀了，家里的老婆孩子怎么办！

组长说：你家里既然有老婆、孩子，还搞别人的老婆干什么！你既然有了孩子，还跟别人生孩子干什么！

杨海良摇头：我不懂您的意思。

你不要揣着明白装糊涂了，苦海无边，回头是岸。我一说你就明白了，毛妮儿已经彻底揭发了你，揭发得一五一十，清清楚楚。

毛妮儿是谁？

真的不知道毛妮儿是谁吗？

真的不知道。

连自己相好的名字都不知道,看来你还是投入不够，你相好对你还是有所保留。不过这个无关紧要，紧要的是，目前摆在你面前有两条路供你选择，一条是从宽的路，一条是从严的路。从宽的路，可能不一定开除你，还保留你的工人身份。从严的路就不好说了，判你个三年五年都是有可能的。从严的情况你应该知道一些，咱们矿上有几个劳改犯，都是因为他们乱搞男女关系，触碰到阶级斗争的纲，才被判了刑。

杨海良没说选择哪一条路，只说：我完了，我做不起人了，我好糊涂啊！这样说着，杨海良也哭了。他不像宋师傅的妻子那样痛哭嚎啕，只是心里一酸，鼻子一酸，大颗大颗地往下掉眼泪。

在办学习班的人看来，杨海良掉眼泪，也是心理防线崩溃的一种形式，崩溃之后，就该交代自己所犯的错误了。组长说：我听说你上过几年学，我们给你一些纸，你可以把你搞婚外男女关系的事儿写下来。从你第一次犯事儿写起，每犯一次事儿就列为一条，犯过多少次事儿，就列出多少条。你写得越具体、越详细，就越好。

杨海良说，他不会写，他只识那几个字，除了隔一两个月给家里写一封报平安的信，别的东西他啥都没写过。

不会写，那你就说，我们给你记录下来，等于记录你的口供。等把你的所有口供都记录完，你签字画押就行了。你交代的过程，就是斗私批修的过程，就是在灵魂深处爆发革命的过程。阶级斗争一抓就灵，在抓革命促生产方面灵，抓在你身上也不例外，也会灵。你交代得怎么样，对你是一个考验，考验你对伟大领袖毛主席忠不忠。你交代的每一句话，每一件事，毛主席都听着呢，你要是不忠于毛主席，我们坚决不答应，广大革命群众也不会答应。

回忆交代自己所做的丑事，杨海良等于拿自己的巴掌抽自己的嘴巴子，让他觉得非常丢脸，非常为难。但他不抽自己的嘴巴子又不行，要是不自抽嘴巴，人家会把他在学习班里一直关下去，一直扣发他的工资，一直限制他的自由。这样自我揭发，也跟揭自己身上的伤疤差不多。每揭一下，他都疼痛难忍，连想死的心都有。可是，他不自揭伤疤又不行，哪怕把自己揭得体无完肤也得揭，不揭这一关就过不去。杨海良在学习班里学习了四天，硬着头皮，厚着脸皮，把该交代的事情都交了出来。

从学习班里出来后，采煤连仍不许他下井采煤，他还要在连里的群众大会上进行自我批判，并接受革命群众的批判。

与矿工每天都要下井一样，他们每天都要开会，都要学习。每天下井是一次，开会学习却是两次，班前学一次，班后再学一次。这样的集体开会学习，还有一个说法，叫早请示、晚汇报。早请示是向毛主席请示，请示这天要干什么。晚汇报也是向毛主席汇报，汇报这天干得怎么样，能不能让毛主席满意。其实，不管是早请示，还是晚汇报，不过是读毛主席著作，或者念报纸上的大批判文章。矿工们对这样的天天学并不感兴趣，他们认为不过是走形式，应付事儿。可是，他们不参加学习又不行，因为学习和下井记工连在一起，如果你不参加班前和班后的学习，就不记工，就扣工资，下井干活儿等于白干。人总要吃饭、穿衣，当工人就是为了挣工资，挣不到工资可不行。学习就学习吧，只要能把工资挣到手，随大流呗。

今天的班后会情况不一样了，听说要在会上批判杨海良，他们把脸上的煤污洗得干干净净，你捣我一下，我捅你一下，情绪都有些兴奋，积极性都有些高涨。批判会预定在一间比较大的单身职工宿舍里开，还不到开会时间，有人就提前拿着小凳子来到了会场，占下比较好的位置。矿上的篮球场有时放露天电影，他们就是这样提前抢占位置的。矿上好长时间没放露天电影了，偶尔放一次，还是老掉牙的黑白影片，他们早就看够了。而对杨海良的批判会，就其涉及的内容来说，恐怕比那些这战那战的电影还要精彩一些。关于杨海良所犯下的男女关系方面的事情，矿上传得风一阵雨一阵，油一道醋一道，在杨海良还没出学习班的时候，已经传遍矿井上下，矿上的人几乎都知道了。简单概括起来，他们听到的事情的情节大致是这样：宋心刚在井下发生过一次事故后，表面看不少胳膊不少腿，下面却不行了，像是又没胳膊又没腿，没了男人的强硬作为。这时，救过宋心刚命的杨海良，利用常去宋家走动的方便条件，就跟宋心刚的老婆走到一块儿去了，致使宋的老婆生了一男一女两个孩子。对于杨海良的所作所为，宋心刚心知肚明，但他睁一只眼闭一只眼，正好借一下杨海良的力。这样一来，等于二男一女合演了一出戏，这戏不是二人转，而是三人转。对于这样即将上演的好戏，谁不想一睹为快呢！

不仅本采煤连的人提前来到了会场，连外连有的人听到了消息，也来到会场外面，像看电影一样看一看。其中有四个坐轮椅的矿工，他们都是因为在井下受了重伤，导致截瘫，坐上了轮椅。这几个瘫痪截瘫矿工，也都是有老婆的人，有的人老婆在矿上，有的人老婆在农村；有的有孩子，有的没孩子。他们听到了杨海良和宋心刚的老婆做下的事儿，难免联想到他们自己的遭遇，心底都起了一些波澜。遇到这样的批判会，他们本应当有所忌讳，有所回避，但他们互相一打气，还是摇着轮椅来了。通过旁听这样的批判会，他们大概想汲取一些别人的经验和教训。

主持批判会的当然是连里的指导员，他坐在会场中央唯一的一把椅子上，严肃的表情下面露出掩饰不住的得意。由于他的阶级觉悟高，警惕性强，才发现了连里出现的阶级斗争新动向的蛛丝马迹。因此，他已经受到了矿上革命委员会主任的表扬。按照惯例，指导员在会议开始前先念了三段关于阶级斗争方面的毛主席语录，随后，用目光联系实际似的，分别盯了盯杨海良和宋心刚。杨海良没有自带凳子，他靠在南墙的墙根蹲着，低着头，塌着眼皮。他知道全会场的工友都在看他，他不敢看任何人。窗外不远处井架上的天轮在不停地转动，他的脑子却转不动了，像是停滞了。霜降过后是立冬，天气越来越冷。阴云压得很低，说不定会下一场小雪。宋心刚在一颗接一颗抽烟，团团烟雾几乎遮住了他的脸。他倒是没有低头，也没有塌眼皮，眼珠硬硬的，像是对抗的样子。至于向谁对抗，目标还不甚明确。指导员宣布，让杨海良开始自我检讨，自我批判。

好戏就要开始，满场观众和听众的情绪顿时兴奋起来，他们自摸耳朵，乱递眼神，仿佛在说，这样的会可以参加，这个比较好玩。

杨海良贴着墙根站了起来，站起来后，他把头抬了一下，随即又低下了，低得下巴几乎抵到了胸口。低头是必须的，既然在人前抬不起头来，那就提前把头低下去。由于在学习班里学习过，杨海良已经学会了怎样在检讨时上纲上线。他说：由于我活学活用毛主席著作做得不好，斗私批修不彻底，没站稳无产阶级立场，放松了世界观的改造，一不小心沾染了资产阶级思想，掉进资产阶级和修正主义的泥坑里去了。我对不起党，对不起人民，对不起社会主义，对不起无产阶级文化大革命，对不起所有的阶级兄弟，也对不起宋心刚师傅。我已经认识到自己所犯错误的严重性，很痛恨自己。我今后一定要加强学习，严格要求自己，重新做人，再也不能犯那样丢人现眼的错误。这样说着，杨海良想起，他以前跟工友们关系都很友好，比如在他捡炮线准备编花篮时，不少工友都帮他捡。现在由于他做下了错事，工友们可能就看不起他了。他还想到，矿上有他的老乡，老乡回老家探亲时，会把他的事儿传给老家的人。那样的话，不但丢人会丢到老家，连他的老婆和孩子都会知道。他总归要回老家去，不知怎样面对他的老婆孩子，不知怎样向他们解释。这样想着，他未免有些伤怀，检讨时声音有些低沉，有些发颤，眼里几乎掉下泪来。

可是，参会的人并不同情他，并不买他的账，因为他的检讨与大家的期望相去甚远，让大家颇为失望。当杨海良刚检讨完，指导员刚问一句杨海良检讨得怎么样时，大家就纷纷发言，表示对杨海良检讨的不满。

这算什么检讨，都是空对空，一点儿都不联系实际。

光给自己扣大帽子不行，得把自己的裤子脱下来，把自己的狐狸尾巴露出来让大家瞧瞧才行。

你得说清跟你发生关系的那个女人是谁，把你们发生关系的时间、地点，都必须交代清楚，不要妄想蒙混过关！

你编的花篮送给谁了？是不是送给跟你相好的那个女人了？

有公的还应该有母的，应该把那个女的拉来一块儿批斗。只有公的，没有母的，这算怎么回事！他们觉得，在井下干活儿，一个母的都没有，好不容易开一个对乱搞男女关系家伙的批斗会，还是一个母的都没有，真是没意思透了。

门外一个坐在轮椅上的矿工也激愤起来，举着拳头冲屋里喊：揍他，揍他，把他的鸡巴割下来喂狗！

宋心刚坐不住了，他也要发言。不知是激动，还是愤怒，他满脸通红，有些发抖。他说：我告诉你们，杨海良家是贫农成分，我家也是贫农成分，杨海良救过我的命，我们是阶级兄弟。不管发生了什么事，我们和杨海良的矛盾只能是人民内部矛盾，不是敌我矛盾，你们不能把杨海良当阶级敌人对待！

宋心刚这样说等于引火烧身，不少人遂把火烧到他身上去了。有人质问他：宋心刚，杨海良跟你老婆好，你到底知道不知道？

还有人问：据说你的两个孩子都不是你的种，你不行了，就借了杨海良的种。是不是这样？

宋心刚急了，他握紧了拳头，瞪大了眼睛，一副要和人拼命的架势，他说放屁，老子姓宋，我的两个孩子都姓宋，一个叫宋春晖，一个叫宋秋明，谁敢说我的孩子不是我的，我跟谁拼命。谁说老子不行，谁敢说老子不行，有种的你站出来，把你老婆叫来，我跟你老婆试试，看看老子到底行不行！

没人站出来，会场里响起一片轻微的笑声。

批斗会上出现这样的场面，是指导员没有料到的，他的脸黑了下来，似乎比外边的天阴得都重。他坐不住了，从椅子上站了起来，指着宋心刚说：你也太猖狂了，你要干什么！我明确告诉你，杨海良堕落到今天这一步，你有脱不掉的干系，说你们狼狈为奸都不为过。你放心，矿革委会不会放过你，下一步一定会跟你算账。接着，指导员从理论高度，对宋心刚所说的话进行了批驳，他说：你说你们两个的家庭都是贫农成分，这说明不了什么问题。用辩证唯物论和阶级斗争的观点分析，事情是会发生变化的，在一定条件下，贫农家庭出身的人，也会产生地主阶级的思想，产生资本主义的思想，成为无产阶级的斗争和批判对象。现在工人阶级对你们的批判，是对你们的帮助和挽救，你们不要有对抗的情绪。你们要是对抗，只能是死路一条！

宋心刚对指导员也敢顶撞，他说：什么这阶级那阶级，这主义那主义，你不要用大帽子压人，我还不知道你心里是咋想的。你看我老婆和孩子的户口都在矿上，你老婆和孩子的户口不在矿上，你就心理不平衡。你见我请杨海良喝酒，不请你喝酒，就气不顺，就千方百计找我们的茬儿……

指导员挥手打断了宋心刚的话：你完全是胡说八道，信口开河，简直是对我的污蔑！你太小瞧我了，我难道没喝过酒吗，我喝酒的地方多的是，谁稀罕你的酒！今天在座的绝大多数矿工，老婆孩子的户口都不在矿上，难道大家心理都不平衡吗！你问问大家同意不同意你的污蔑！下面继续进行对杨海良的批判，大家要积极发言。谁发言？

无人发言。冷场。冷得似乎比外面的天气都冷。

那几个摇轮椅的矿工没看到什么热闹，调转椅头开始退场。其中一个矿工在嘟嘟囔囔骂人：他妈的，没劲。什么都没劲，到哪里都没劲。

指导员只好宣布：今天的会就开到这里，散会。

九

杨海良没有被判刑，也没有被开除矿籍，只是降了一级工资，仍在矿上劳动，一边劳动，一边进行思想改造。矿上把他调出了采煤连，不让他在井下挖煤了，命他去挖备战用的地洞。上面给全国人民下达了动员令：

要准备打仗。备战备荒为人民。深挖洞，广积粮，不称霸。下面的解释是，为了防止美帝国主义和苏联修正主义用原子弹炸我们，就要事先挖好地洞，到时钻进地洞里藏起来。长期躲藏得有吃的，所以必须大量储备粮食。其实矿工每天都在地层深处挖地洞，地洞挖得四通八达，每座煤矿的地下都像是一座不夜城。那么，把井下的地洞作备战洞不行吗？等战争起来，人们躲进井下的巷道不行吗？回答是不行，矿井用于生产，地洞备于战争，二者不可互相代替。不管井下有多少巷道，备战的地洞都必须另打。

矿上为何命杨海良去挖地洞呢？是挖地洞的劳动强度更大吗？更危险吗？那倒不见得。井下的巷道距地面有几百米深，地压很大。地洞离地面只有十几米深，地压比较小。矿井的井筒子要穿过土一层，沙一层，水一层，石一层，危险重重，每一层都不好过。地洞只在土层里挖，危险小多了。杨海良一去挖地洞就知道了，原来被集中起来挖地洞的人，都是有问题的人，都是被打入另册的人，都是需要通过劳动进行思想改造的人。那些人当中，有因奸污妇女被判徒刑的人，有现行反革命分子，还有右派分子和走资本主义道路的当权派。之所以把他们放在一块儿挖地洞，便于监视和管制是一个方面，另一个重要的方面，是不断提醒他们的自我坏人意识，以便对他们进行精神上的惩罚，还有羞辱。让杨海良难以接受的是，对他的到来，那些人都露出些微笑，仿佛在说：我们知道你犯了什么事，我们都是一样的。杨海良是一个很要脸面的人，在没出事之前，别人跟他说一句笑话，他都会脸红。有的人也许正因为知道他自尊，要脸面，就故意伤害他的自尊，故意让他脸面扫地。人走到这一步，杨海良只能把苦水往自己肚子里咽，一点儿办法都没有。除了拼命干活，按时参加早请示、晚汇报，他只在宿舍里蒙着头睡觉，哪儿都不去。在井下干完活儿，升井后都要洗一个澡，洗去脸上身上的煤黑。在地下挖洞子，每天泥一身，汗一身，干完活儿也应该洗个澡。为避免在澡堂里碰见采煤连的工友，他连澡都不洗了。大韩问他，宋师傅怎么不请他喝酒啦，宋师傅很不够意思呀！他听出大韩是在讽刺他，揭他的短，可他一点脾气都没有，一句硬话都不敢说，只苦笑一下就完了。有一次在上班的路上碰见一个女工，女工问他，听说他会编花篮，现在还编吗？也许女工的问话没有任何不好的意思，但他听了还是觉得很不好意思，说了一句早就不编了，赶紧低头走了过去。

杨海良担心他在矿上出事儿的消息会传到老家，结果还是传到老家去了。妻子给他来了一封信，信没有像过去那样称呼他孩子他爹，上来写成杨海良，指责他真没良心。妻子在信里说：我在家里上养老下养小，不是千辛就是万苦。你在外面却做出了那么不要脸的事，你对得起谁呢！你的良心到哪里去了，难道让狗掏吃了吗！人家批斗你是应该的，开除你都不亏。矿上要是开除了你，你不要回来了，要饭也不要回来。我丢不起那人，孩子们在人前也抬不起头来。看了妻子的信，他头一晕，眼一黑，差点摔倒。他想把信装回信封里去，可信像是很倔强，拒绝回到信封里去似的，他的手抖得一装二装都装不回去。他只好把信拿在手里，躺在床上闭上了眼睛。在闭眼之前，他并不觉得眼里有眼泪，一闭上眼睛，眼泪就从眼角滚了出来。泪珠顺着鬓角，一直流到耳朵那里。他觉出自己的泪是凉的，冰凉冰凉的。以前，当接到妻子的来信时，他都会及时给妻子回信，感谢妻子在家里所付出的辛苦，表达对妻子的怀想之情，并表示对几个孩子的关心。他反复想过，妻子是好妻子，虽然他和宋嫂有了那样的事情，却从没有影响对妻子的感情。相反，因为心里怀了一些愧疚，他对妻子的感情反而更深了，思念更多了。他原以为，他和宋嫂的事，作为一个秘密，会一直隐藏着，隐藏着，什么时候都不会暴露，一切都平安无事。是呀，这个秘密只要宋嫂不说，他不说，宋师傅不说，谁会知道呢！他心里承认，宋秋明长得是有点儿像他，但作为一个女孩子，宋秋明更像她妈妈。不能因为宋秋明长得有点儿像他，就怀疑是他的孩子。等退休年龄一到，他就卷起铺盖，离开煤矿，回到自己老家去了。到那时，他再好好给妻子一些补偿，给孩子一些父爱。季节有春夏秋冬，月亮有阴晴圆缺，树木有叶绿叶黄，百花有花开花落，一切都是自然而然的事。他没有想到，革命盯上他了，阶级斗争斗到他头上了，他的命运一落千丈，一下子跌进了谷底。他多次做过跌进无底黑洞的噩梦，但不等触底，他就会惊醒，每次醒来都深感庆幸。这一次他不是做梦，是真的跌进了无底的黑洞。这样的梦还能不能醒，他就不知道了。

宋心刚也受到了歧视，他的日子也不好过。杨海良被调走了，他和他多年的搭档活活被拆散了。以后别说和杨海良一块儿干活儿，一块儿喝酒，恐怕连见面都难。一个采煤场子总得有两个人干活儿，连里把新工人小梁分给宋心刚做帮手。小梁长得细条条的，身体还很单薄。小梁在采煤方面不但没有任何技术，攉煤时连一锨煤都端不动，只能半锨半锨攉。宋心刚知道小梁是顶替工亡的父亲参加工作的，对小梁很是同情。小梁攉不完的煤，他架好棚子后，就替小梁攉。他每天都会想起杨海良，他想，他要是再被冒顶的煤和矸石埋住，就不会有人救他了，他只有死路一条。这还不算，连里还变着法儿对他进行惩罚。每天上班后，排长从工作面上下走一遭，看到哪里压力大，哪里有断层，哪里有淋水，就让他在哪里干活儿。宋心刚意识到，这是连里在指导员的授意下，在变相整治他，他心里别扭得很。连里没有地富反坏右分子，这是连里把他当成地富反坏右分子对待，真是故意欺负人啊！有时他忍不住，把想法儿说了出来，问条件不好的地方为啥都让他干，排长说，他是老工人嘛，他技术高嘛，他不在那里干，谁在那里干呢！排长还说风凉话：你家里条件好，你可以待在家里不上班嘛！

我不上班谁给我开工资？！

你儿子，你女儿，都上班挣钱，你还在乎那一点工资吗？

除了挣工资，我还要为国家做贡献呢。

对了，我们正是考虑到你要为国家多做贡献，才需要你发扬一不怕苦、二不怕死的精神。

宋心刚只能自认倒霉。

这天宋心刚下班的时间是后半夜,升井时眼前一白，他发现井上下雪了。井下从来不会下雪，一年到头儿都是黑的。井上下雪，井下的人一点儿都不知道。只有到了井上，才能看到天地一片白。大概因为黑的东西看得太多，宋心刚很喜欢下雪，每次看到下雪，他都很高兴，几乎想喊两声。还有，往年每年下头一场雪时，宋心刚都愿意邀杨海良去他家一块儿喝两杯，屋外白雪飘飘，屋内炉火盈盈，举杯就是哥俩好，那是何等惬意！往年下雪，今又下雪，他想跟杨海良喝酒是喝不成了。不但今年喝不成，恐怕今后再也喝不成了，宋心刚几乎想叹一口气。万事瞒人不瞒己，对于杨海良和妻子的事，宋心刚是知道的，但他并不就此认为杨海良道德品质不好。妻子一心想要孩子，他也想要孩子，在他失去能力的情况下，杨海良只是帮了他一个忙而已。杨海良救过他的命，又帮他要孩子，不过是救命救到底而已，这都是自然而然的事，有什么不可以呢！这和革命，和阶级斗争，和别人，又有什么关系呢，一切都是八不挨九不连啊！

宋心刚踏雪刚走到家门口，刚在门口的地上震了震沾在鞋上的雪，妻子就把门打开了，妻子说：下雪了，外面冷，快进来吧。

妻子就是这样知冷知热，多少年过去了，不管他是上白班还是上夜班，不管是下雨还是下雪，只要他一走到家门口，妻子必定在家里等他。室内暖意融融，宋心刚心里一热，接过妻子的话说：这是今年的头一场雪。

天冷得吃点儿热乎饭，我把面条儿擀好了，水也烧开了，马上就给你下面条吃。你今天还想喝点儿酒吗？想喝的话我给你烫上。

宋心刚说不想了，不喝了。

妻子给宋心刚做的是捞面条，浇头是葱花儿猪油汤，这样的面条吃起来热乎，软乎，又挡饿。宋心刚在吃面条时，妻子坐在床边看着他，样子像是有些走神儿。

宋心刚知道，矿上的幼儿园不让妻子看孩子了，等于把妻子开除了。妻子那么喜欢孩子，愿意天天跟孩子在一起，现在却不让她在幼儿园干了，妻子心里一定很委屈。他让妻子也吃点儿饭。

妻子说她吃过了，不饿。

外面起了一阵风，把门吹开了，一些雪花儿飘进屋来。妻子赶紧起身把门关上，并用插销把门插上了。她说：刚才忘了插门。

没事儿。

停了一会儿，妻子说：今天下午春晖回来了，把他的铺盖都搬走了，其他的东西也都拿走了。我问他搬到哪里去，是搬到单身职工宿舍吗，他一声不吭，连理都不理我，好像我欠了他八辈子的债一样。

是吗，这孩子怎么能这样！我知道了，矿上原来想让他参加篮球队的训练，现在又不让他参加了，他可能有气。孩子见识短，你想开点儿，别跟孩子一般见识。

心刚，我都不想活了，我死了算了！妻子说着，眼泪簌簌地流了下来。

宋心刚放下饭碗，看着妻子说：你不要说傻话，更不要犯傻，咱们一定要好好活着。难道你还没看明白吗，说来说去，变来变去，人过的还是日子。有人看咱们家的日子过得好，心不平，气不顺，就找茬儿给咱们添堵，不想让咱们家继续过好日子。不管他们给咱们说多少吓人的大话，戴多少大帽子，都是一个目的，就是不想让咱们好好活着。他们活得不好，就想把大家拉平，也不想让我们好好活。如果我们不活了，就正好如了他们的意。我们把他们的心思弄明白以后，就得和他们对着来，他们不让我们活，我们偏要活着，他们想让我们死，我们偏偏不死。好了，别难过了，打起精神往前过。我的话你记住了吗?

妻子点点头，表示记住了。

宋心刚往女儿的房间看了一眼，问秋明是不是上班去了。

是上班去了。秋明也不愿意在家里多待了，拉着个脸子给我看，早早地就到班上去了。外面下着雪，临出门，我让她打把伞。她一句话不说，连看我一眼都不看，梗着脖子就走了。你看看，也就是一转眼的工夫，我在孩子眼里就成了仇人。

这事儿不能怪孩子，都是外面的人挑拨的。远的不说，你想想今年中秋节的那天晚上，咱们一块儿喝酒，一块儿吃月饼，那多好呀，两个孩子多懂事呀。外面的人一挑，孩子就成了这样。我想这都是暂时的，孩子最终还是会跟咱们亲的。哎，有一件事我还没跟你说过。我们连的指导员见秋明参加了工作，就托医院的丁大夫当介绍人，把秋明介绍给他正在部队当兵的弟弟。指导员的打算是，要是咱们家秋明同意跟他弟弟订婚，等他弟弟从部队退伍复员时，就可以要求上级照顾他弟弟和秋明的婚姻关系，把他弟弟安排在矿上当工人。秋明听说他弟弟并没有当军官，还是农村户口，就没有同意。指导员的如意算盘没有打成，对秋明有意见，就在别的地方找借口整治我们。反过来想一想，如果秋明同意了跟他弟弟订婚，那指导员就等于跟咱们家结了亲戚，他不知有多高兴呢，肯定一好百好，什么事儿都没有。

妻子说：真是话不说不明，你这么一说，我才算明白了，原来船是在这儿湾着。

有些话也就是咱两口子在私下里说，哪里都是一样，你斗我，我斗你，斗来斗去，都是为自己，为了自己不失去利益，或者想得到更多的利益。

这些话你哪天跟杨师傅也说说，开导开导他，劝他别想不开。

现在事情正在风头上，海良是那么一个自责心重的人，我就是理他，他也不会理我。下雪总有化雪的时候，等以后有机会再说吧。

第二天下午，宋嫂正一个人在家里和面，准备蒸馒头，宋秋明回家来了。宋秋明还是低着头，进家还是不喊妈，把帘子一甩就到自己的小屋里去了。

外面雪还在下，只是没有昨天夜里下得大，变成了零星小雪。当妈妈的也没有跟女儿说话，女儿既然正烦她，她最好离女儿远一点儿，何必惹女儿烦上加烦呢。

不料女儿却在小屋里哭了起来，哭得呜呜的，像受了天大的委屈一样。从小到大，女儿只要一哭，都会喊妈妈，妈妈，这一次女儿没有喊她，只是哭。儿女连心，她还是要去小屋看看女儿。来到小屋，她问趴在床头痛哭的女儿：明明，明明，你这是怎么了？

他们不让我在灯房干了，要把我调到食堂去做饭，呜呜，他们太欺负人了！

没事儿，干啥都一样，只要有工作干就行。

不一样，就是不一样。都怨你，都怨你！

怨妈还不行吗，妈对不起你还不行吗！

女儿呼隆从床上起来了，像是要找什么东西。她找到的东西是挂在她床头上方的那只花篮，她摘下花篮，撩开门帘，一下子把花篮扔到屋当门的地上，嚷着说：谁要他的花篮，我才不稀罕他的破东西呢！花篮里本来装的有发卡、钢笔、橡皮筋、万金油，还有一朵藕荷色的绢花，她连那些东西也不要了，扔掉花篮的同时，任那些东西撒了一地。

十

北斗在转，群星在移，一晃二十多年过去，煤矿发生了很大变化，煤矿的一切一切，都发生了翻天覆地的变化。比如说，用炸药雷管爆破采煤这一炮采工艺被彻底淘汰了，井下全部改用综合机械化采煤。矿工们站在由液压支架构成的钢铁长廊下面，只需摁摁电钮，大块大块闪着暗光的乌金就被采了出来。

没有了炮采，就没有了炮线，矿上再也没有人用炮线编花篮了。只有一些老矿工在回忆往事的时候，记起有一位姓杨的师傅曾用炮线编过花篮。受到杨师傅的启发和带动，别的矿工也用炮线编过花篮。不管是编花篮，还是花篮，似乎都变成了一种记忆，一种遥远的、彩色的记忆。他们不知道，会不会有人把这种记忆写进书里，要是写进书里，也许是美好的篇章。要是没人写的话，记忆就会烟消云散，不可寻觅。

天在上，地在下，任何变化都是先有翻天，后有覆地，一切变化都源自国家大形势的变化。“文化大革命”

被否定了，各单位门口挂的革命委员会的牌子统统被摘掉了，当柴火烧了。被称为“纲”的阶级斗争和被称为“线”的路线斗争都不再提了，变成以经济建设为中心，大家好好劳动，多多挣钱，美美地过日子就行了。

恢复高考后，宋春晖考中本省的一所矿业学院。他带薪在学院里学习了三年，回到矿上的采煤队又干了三年，先是当了采煤队的队长，而后当上了矿上通风科的科长，接着又被调到别的矿，提拔为矿上的副矿长。他已在矿上结婚，娶的是矿上的团委书记，并有了自己的儿子。

宋秋明从职工大食堂调出来后，没有再回到灯房，而是调到了矿上的煤质化验室。对女工来说，化验室是矿上最好的单位，在化验室上班每天穿着白大褂，好像比在医院里当大夫都优越。调到化验室后，她到矿务局的总化验室学习了半年，回头就当上了矿上化验室的主任。宋秋明如此一路顺风，很大程度得力于她找到了一个好丈夫。她丈夫是比她高一届的矿中同学，职位是矿务局宣传部的副部长。宋秋明有了一个女儿，女儿跟她长得一模一样，母女俩好像是一个模子里磕出来的。

宋心刚师傅去世了。临去世前，儿子宋春晖去医院看他，他满眼都是泪水。宋春晖知道爸爸有话要对他说，让爸爸有啥话只管说。爸爸说：你应该去你杨叔叔的老家看看你杨叔叔，你小的时候，他非常喜欢你，对你非常好。你杨叔叔夸你聪明，实诚，说你将来一定会有出息。我当时还不太相信，我不如你杨叔叔会看人。

爸爸您放心，我一定抽空儿去看看杨叔叔。

宋嫂的身体还可以，能够自己照顾自己。儿子让她去别的矿跟儿子一块儿住，她不去。女儿让她去矿务局跟女儿一块儿住，她也不去。她坚持一个人住在矿上的老房子里。老房子所在的家属区只有一个共用水龙头，家属区的人吃水用水都是用铁桶去水龙头那里接水。水龙头还不是一天到晚供水，只在早上和傍晚各定时供水两小时。宋嫂家里备有一口容积不小的水缸，她把接来的水倒进水缸里作日常用。从家里到水龙头那里有一段距离，在年轻的时候，宋嫂的双手各提着满满的一桶水，走得健步如飞。现在上岁数了，满桶的水她提不动了，每次只能提两个小半桶水。一次少提点儿没关系，多提两趟就是了。做蜂窝煤也是个气力活儿，在丈夫还活着的时候，他们家烧的蜂窝煤都是丈夫做。在丈夫每年秋季做蜂窝煤的时候，会有一些工友来帮忙，比如杨师傅，就多次帮他们家做过蜂窝煤。现在丈夫不在了，她就自己动手做蜂窝煤。每次不能多做，少做一些就是了。家属区的老太太见她一个人在门口的甬道上费劲巴力地做蜂窝煤，对她说：你儿子都当矿长了，让他给你送点儿现成的蜂窝煤不就得了，还费这么大的劲干什么！宋嫂立起身子，拐起胳膊，用衣袖擦擦额头上的汗说：我闲着也是闲着，干点儿活儿活动活动，权当锻炼身体。

儿子春晖来看妈妈，每次进屋先习惯性地看看水缸，如果水缸里的水不满，他会马上拎起两只铁桶去提水，一趟又一趟，直到把水缸灌满为止。这天儿子来看妈妈，进屋一看水缸里的水满满的。儿子说：妈，您给我留一点儿机会好不好！这样说着，他眼里的泪水似乎也要满了。

妈说：嘿，我成天价闲着也是闲着，打点儿水活动活动，权当锻炼身体。

您这样做，邻居会笑话我们的。我看您还是跟我们一块儿住吧，矿上最近给我分了一套房子，是二楼的三居室，您可以单独住一个居室。

我跟你说过了，我哪都不去，我就在这儿守着你爸爸。他人不在了，他的魂还在呢！就是哪天我死了，也要死在这屋里。话说到这儿了，也不知道你杨叔叔还在不在人世。

应该在吧。

难说。他一退休就回老家去了，从他回老家到现在，十七年都多了，他一次都没有再回来过。他只比你爸爸小两岁，你爸爸去年不在了，谁知道他还在不在呢。你爸活着的时候，老是念叨他。

我爸临走前跟我说过，让我去看看杨叔叔。我去年事多，没有去成，今年我一定要去。

春天，宋春晖临出发去看杨叔叔之前，又去老房子里看妈妈，他的意思，看看妈妈要给杨叔叔捎什么话，或给杨叔叔带什么东西。宋春晖四十多岁了，他已经经历了很多事，也想了很多事。他理解了妈妈，对妈妈格外感恩。有一段时间，他给妈妈脸子看，不愿见到妈妈，甚至要和妈妈断绝关系。现在回想起来，他感到非常懊悔。都是因为自己当时年轻不懂事，又容易受当时社会气候的影响，才做下了一些错事。

妈妈没让春晖给杨叔叔捎别的什么东西，她只拿出了那只花篮，对春晖说：你把这只花篮拿给你杨叔叔看看，他一看见花篮，就知道咱们一直把花篮保存着，咱们全家人都没有忘记他。妈妈也没让春晖给杨叔叔捎什么话，只说：我知道你买了照相机，你把照相机带上，给你杨叔叔照张相，拿回来给我看看。

那没问题。我不光给杨叔叔照相，给他们家的人也照一些。

这天一早，宋春晖按照妈妈所提供的地址，拉上一只稍大的拉杆行李箱，一路坐了汽车坐火车，下了火车再坐汽车，向杨师傅所在的村庄杨宋庄走去。是矿上的小轿车把他送到火车站的，在小轿车上坐着时，天还没有下雨。等他坐上火车，火车刚开进原野，外面就下起雨来。雨是春雨，下得并不大，可因火车跑得快，车行带风，雨就显得大了。雨点打在玻璃窗上是斜着流，或横着流，把玻璃窗流成一片白色的模糊。车窗外是绿色的麦田，麦子已经起身，绿得水汪汪的。列车像是在绿色的海洋里穿行，不知何处才是尽头。如爸爸所说，在他小的时候，杨叔叔的确很喜欢他，多次带他到外面玩。杨叔叔带他到南边的水库里玩过水，捉过虾。杨叔叔带他到北面的山里摘过酸枣，逮过蚂蚱。杨叔叔还用自行车带着他，到附近的县城赶过大集，不管他想吃糖葫芦，想喝汽水，还是想吃烧鸡，只要他一指，杨叔叔二话不说，马上给他买。不管他吃什么，还是喝什么，杨叔叔都是不吃也不喝，只看着他一个人吃和喝。以致他动不动就往杨叔叔的宿舍里跑，让杨叔叔带他出去玩。有时爸爸要带他出去玩，他不干，说我不跟你玩，我跟杨叔叔玩。爸爸笑着说他是杨叔叔的一条狗，是杨叔叔把他喂熟了。当时他不明白杨叔叔为什么那样喜欢他，那样对他亲。后来他才明白了，杨叔叔对他的亲，是血脉里的亲，是骨子里的亲，杨叔叔不想对他亲都管不住自己啊！然而杨叔叔挨整之后，他就昏了头脑，把杨叔叔当成了阶级敌人。有一回，他看见杨叔叔从对面走过来，他顿时怒气冲冲，打算与杨叔叔碰面时，就往地上啐一口。可是，杨叔叔看见他之后，没有再往前走，打了回头，退了回去。有爱打架的男同学给他出主意，要替他把杨叔叔修理一下。亏得他没有点头，要是他点头同意了，要是男同学把杨叔叔打出个好歹来，他今天可怎么面对杨叔叔呢！

宋春晖一路打听着，中午时分来到了杨宋庄的村头。雨还在下着，地上起了泥。他的拉杆行李箱下面的万向轮被泥巴抱住了，往哪个方向都转不动。他只好一手打伞，一手提着行李往村里走。细雨纷纷，路上不见行人。村口有一个小卖部，他看见一个中年男人在小卖部的柜台里面吸烟，就向小卖部走去。

中年男人先跟他打招呼：你不像我们庄的人哪，我以前没看见过你呀！

宋春晖说，他的确不是这个庄上的人，他是第一次来这个庄。

中年男人把他上下打量了一下，见他穿着西装，打着领带，穿着皮鞋，说：我看你像个当官儿的人哪！

宋春晖没承认他是当官的人，也没有否认，只说他在煤矿工作。

那你找谁？

我找杨海良师傅，他是从我们煤矿退休回来的。

你是他的什么人哪？

宋春晖心说，这个人的话可真多。可眼前没有别的人可问，你不让他多话又不行。他是杨海良师傅的什么人呢？他说：杨海良师傅是我爸爸的好朋友，我喊他杨叔叔。

你来晚了，杨海良不在啦，不在三四年了。他两口子都不在了，都埋到南边的坟地里去了。

天边隐隐滚过一阵雷，宋春晖的心情顿时沉重起来。妈妈担心过，不知道杨叔叔还在不在人世。妈妈的担心，也是妈妈的预感，看来妈妈的预感是有道理的。他问：杨叔叔的儿子在家吗？

应该在家。他儿子叫杨春云，是我们村的支书。你从这儿往西走，再往北边一拐。看见一座两层楼，那就是杨支书的家。现在我们村住楼房的，只有杨支书一家。我这里卖的有好烟，也有好酒，你不给杨支书买点儿烟和酒吗？

谢谢您，我带的有烟有酒。说着把行李箱往上提了一下，提示给小卖部的中年男人看。

再过几天就是清明节了，在往杨春云的家走的时候，不知怎么就想起了“清明时节雨纷纷，路上行人欲断魂”的诗句。以前想起这样的诗时，他从没有把诗句跟自己联系起来，以为路上的行人都是别人。今天他才悟出来了，原来路上的行人是他自己，欲断魂的也是他自己啊！

宋春晖来到杨春云家院子门口，拴在门里一侧的一条大狼狗冲他叫了起来，一边狂叫，一边跳跃，带得铁链子哗哗作响。

主人杨春云从堂屋里走了出来，问：你找谁？

您是杨春云吗？

我是。你是？你先别说，让我猜猜你是谁？他把来人的长相看了一下说：你叫宋春晖，对不对？

宋春晖点头儿说对。

杨春云大声呵斥狼狗：不要叫了，都是自家人！说着，他像篮球场的裁判员所做的那样，右手平着在上，左手竖着在下，做了一个叫停的动作。狼狗看见他所做的动作，果然不叫了，并停止了跳跃。他伸手接过宋春晖的行李箱，领宋春晖到堂屋去了。他说：我听我爸爸说，你一定会来看他，你还真的来了。

我来晚了，对不起杨叔叔。

那没事儿，你只要来了，心意就到了。

宋春晖打开行李箱，从箱子里取出两条烟，两瓶杨叔叔爱喝的大曲酒，还有点心盒子、午餐肉罐头和水果罐头。

杨春云说：你来就来了，还带来这么多东西，多沉哪！我知道你比我大两岁，我就叫你春晖哥吧。你看，你的名字中间带一个春字，我的名字中间也带一个春字，这也是一种缘分吧。

这时，杨春云的妻子和一个孩子从楼上下来了，杨春云向妻子介绍了宋春晖，说：这是从矿上来的春晖哥，你去弄几个菜，中午我们哥儿俩喝两杯。

宋春晖提出，他要到杨叔叔的坟前看看。

地里有泥巴，不去了吧？

一定要去！

听哥的。

去坟地时，宋春晖带上了那只花篮和照相机。杨春云在前面走，宋春晖在后面跟。杨春云说：今年的麦根儿长得不错，如果不出意外情况，又是一年好收成。走到麦田与麦田之间的一条一米来宽的横路上，杨春云停下脚步，向北边的麦地一指说：那就是我爸我妈的坟。

宋春晖看见了，那是一座孤立的坟，坟上长满了细叶的藤蔓植物，开着紫色的小花儿。宋春晖静默地把坟看了一会儿，似乎看见杨叔叔从坟中站立起来，杨叔叔像以前一样和善地笑着对他说：小晖你来了！一种难言的悲痛涌上心头，宋春晖的两眼开始发湿。

麦子种得密，麦叶上落满雨水的水珠，看上去白汪汪的，像是一条河。而麦叶下面的土地上，像是布满河底的淤泥，脚一踩就会陷下去。横路离坟墓有十多米，杨春云的意思，让春晖哥远远地把坟墓看一眼就行了，不用再往麦地里蹚了，不一定到坟墓跟前去。

可宋春晖的执拗劲儿上来了，是河他也要下，是淤泥他也要踩，他不由分说地踏进麦田，照直向坟前走去。刚走进麦田间的横路时，本来是杨春云在前，宋春晖在后，这会儿往坟跟前走时，变成了宋春晖在前，杨春云在后。宋春晖刚踏进麦田，他西裤的裤腿就被麦叶上的雨水打湿了半截。他脚上穿的皮鞋更不像样子，刚走了没几步，鞋上就沾了两大坨泥，黄泥翻卷上来，把鞋面都给包住了，每挪动一步都很吃力。可是，此时他心中升起的像是血缘的力量，基因的力量，骨子里的力量，也是类似庄严的力量，悲壮的力量，什么裤子，什么皮鞋，这些统统不在话下，他就是在地上爬，也要爬到杨叔叔的坟前去。

来到坟前站定，宋春晖稍事喘息，对着坟鞠了三个躬。他说：杨叔叔，我是春晖，我来看您来了。我来晚了，我对不起您！他双手把花篮端在胸前说：杨叔叔，这是您给我妹妹秋明编的花篮，她一直保存着，让我拿给您看看。杨叔叔，您看见花篮了吗？……

说着说着，宋春晖就哽咽起来。

原载《十月》2022 年第 4 期